日《ひの》本《もと》一《いち》の商《あき》人《んど》

西屋清兵衛奮闘記

誉田龍一

角川文庫
21178

目次

一章　帰ってきた清兵衛

一、

「帰ってきたで。三年ぶりや」

清兵衛《せいべえ》は一軒の店先《たなさき》に立った。

広い間口の玄関は周囲のどの店よりも立派で年季が入っている。

泉州《せんしゅう》、堺《さかい》。

西は和泉灘《いずみなだ》に面し、北は大和《やまと》川、南は石津《いしづ》川に挟まれて、更にその内側を堀で囲まれた中にその町はある。南北は一里と少し、東西は半里ほどの広さであったが、町のど真ん中を南北に走る大道《だいどう》筋と東西に走る大小路《おおしょうじ》通を中心に、縦横にそれぞれ約二十ずつの通りが綺麗《きれい》な碁盤目のように走っていた。

そして縦横の通りが交わってできるひとつの区画にはそれぞれ独自の町名があり、

その大道筋と大小路通が交わったところにある中心地の湯屋町《ゆやちょう》には、生糸、絹織物などに関わる店が多く集まっていた。

今、清兵衛が前に立っている茜屋《あかね》もその一角にある。

「しかし、何や、この有様」

清兵衛は地面を見下ろした。店前には、紙くずが散らばり、道の土も雨に降られたまま固まったのかでこぼこで、まるで整頓《せいとん》されていない。

清兵衛は確かめるように顔をあげた。

『縮緬《ちりめん》　茜屋』と墨書された樫《かし》の木の看板が戸口の横に見える。そして目の前には茜と書かれた暖簾《のれん》が風になびいていた。

「なんか、汚れてへんか」

清兵衛はしばらく手で触っていたが、その手を眺めて顔をしかめると、手をはたき、暖簾をはね上げて中へ入った。

「帰ったで……」

人が見えない。

「ごめん」

清兵衛は声を掛けた。しばらく待ったが、返事が無い。

「おーい、誰ぞおれへんのか」

清兵衛は声を大きくした。しかし、しーんとしたままだ。

「どないなっててんねん」

清兵衛は周囲を見回した。

他ではまず見られないほど大きな土間があり、上がり框《がまち》の上に、これまた広すぎる畳の間がある。帳場は一番奥に見えるが、そこにも人が居ない。

「物騒なこっちゃな」

清兵衛は更に大きな声で叫んだ。

「おーい、誰か、出てきてや」

やはり、誰の返事も無い。

「どこぞへ行ったんか」

清兵衛は振り返ると暖簾の間から、顔を出して外を見た。行き交う人に知った顔は無い。

「しゃあないな」

清兵衛は再び振り向くと、土間を横切って草履を脱ぎ捨てるや、上がり框から上へ上がった。

「しかし、誰もおらんって、どないなっとんねん」

清兵衛はそのまま帳場のところまで歩いて行き、後ろへ回った。金箱があり、蓋《ふた》に手を伸ばすと開いた。幾ばくかの金が顔をのぞかせている。

「ほんま、不用心やな」

清兵衛はよく見ようと、金箱に手を掛けた。金はあるが、全部合わせても、一両にも満たない金額だ。

「もう帳場は閉めたんかな……」

その時、いきなり背後から甲高い女の声が響いた。

「あんた、何してんねん」

はっと振り返ると、いつのまに入って来たのか、暖簾の前に、まだ十六、七かと思える娘が立っている。くりっとした大きな目に、つんと上を向いた鼻、まだあどけなさの残る顔立ちだが、切れ長の目には似つかわしくない色気と凄《すご》みがあった。

「何って、俺は……」

清兵衛が言い終わらぬうちに、娘は畳に飛び上がると近づいて来た。

「うわっ、何してるん……」

金箱に手を掛けたままの清兵衛を見て、娘は飛び下がった。

「ひょっとして……泥棒……」

「な、何を言うねん……」

清兵衛は娘の方へ駆け寄った。

「どこぞのいとさんか知らんけどな、ここはな、俺の家や」

清兵衛はもう一歩前に出た。

ただでさえ大きな目を、娘は最大に見開いている。

「言うてること分かるか、この家の息子や」

清兵衛が念を押すように言った途端、娘は土間に飛び降りた。

「やっぱりやー、きゃー」

娘は暖簾を押し分けて、外へ出る。

「押し込みや、泥棒ー、盗人《ぬすっと》やー」

娘が往来で大声を出すのが耳に入った。

「おい、ちょっと待て」

清兵衛も慌てて土間へ降りると、外へ出た。

娘が往来の真ん中で道行く人々に叫んでる。

「誰か、助けて〜。泥棒、泥棒や。押し込みやで〜」

娘は清兵衛が出てくると、指さした。

「こいつ、こいつが押し込み。うちの家に入ってきたんやー」

大道筋は一番の大通りで歩いている人の数はいつも多い。娘の声に、手代風の男、法被を着た職人、若い大工など、すぐに四、五人の男が近寄ってきた。

清兵衛は慌てて店内へ逃げ込もうとしたが、一瞬早く、娘がその腕をつかんだ。

「押し込みやでー」

娘の声と同時に、集まって来た男たちが清兵衛の体をおさえつけてくる。

「何すんねん」

「やかましいわ、この泥棒」

法被姿の男が、清兵衛の手をつかむ。

「阿呆《あほ》、離さんかい」

「押し込みが物言うな」

別の男が清兵衛の足を取る。

「こら、何や、俺はな、この店の息子で……」

男たちともみくちゃになりながら、清兵衛が言うと、娘が振り袖《そで》で清兵衛の顔を叩《たた》いた。

「ぼけ、もっとばれん嘘つけ」

娘が勝ち誇ったような顔をした。

「何やと……」

清兵衛が男のひとりを地面に転がしながら言う。

「お前こそ、誰じゃ」

「残念やったな。あたしはな、ここの娘。お絹《きぬ》言うねん」

お絹は清兵衛を押さえる男たちを見た。

「はよ、捕まえて、奉行所へ突き出して」

「おう」

「よっしゃ」

男たちが勢い込んで、清兵衛の腕や足を強く持ち直した。

「何、してんねん。やめんかい」

清兵衛は必死で抵抗する。

「ええ加減にせえ」

「それはこっちの台詞《せりふ》じゃ」

清兵衛は、男たちに絡みつかれて往来をぐるぐるあちこち回っている。

「こら、大人しいせんか」

「だから、離せって」

周囲を歩いていた人が、物珍しそうに近づいて来た。中には、手を叩いて笑っている者もいる。

「こら、泥棒、大人しいせぇ」

法被の若い男が、清兵衛の頭をぽかりと殴った。

「何、しとんじゃ」

清兵衛は反撃しようと、己にたかる連中を振り払うため体を回転させた。

「うわ〜」

ひとりが勢い余って飛んでいく。

「わー、誰か、来て〜」

お絹が見物人に向かって大声で加勢を呼んだ。

「どないしたんや」

人混みの中から、中年の男が顔を出した。

お絹が呼びかけるのと、くるくる回っていた清兵衛がその男の顔を見て声をあげたのは、ほぼ同時だった。

「お父ちゃん」

「お父ちゃん」

お互いが同じ言葉を吐いたので、清兵衛とお絹は、顔を見合わせた。

「お父ちゃんって、どういうこっちゃ」

「そっちこそ、何やの」

清兵衛は男の方を見た。

「おい、お父ちゃん、こっちへ来てくれ」

振り回されながら清兵衛がそう言うと、男は近づいて来た。

四十半ばくらいで、頭に少し白いものが見え始めているが、顔つきは妙に若く、にやけている。着物の柄も、若造りな棒縞《ぼうじま》で、どこか遊び人風だ。

「清兵衛やないか」

「そうや、息子の清兵衛やがな」

「お前、何、こんなとこで、相撲とってんねん」

「あのな、これが相撲に見えるか」

清兵衛が言うと、男と顔見知りらしい大工が声を掛けた。

「旦《だん》さん、この男……」

「わいの息子やがな」

慌てて男たちは、清兵衛から手を離す。清兵衛はむっとしたまま、着物についた泥を払っている。

「この娘、なんやねん」

清兵衛がお絹を指すと、お絹も中年男を見た。

「お父ちゃん、こいつな、店の金盗《と》ろうとしてたんやで」

清兵衛が怒鳴りつける。

「お父ちゃん、お父ちゃんって、さっきから聞いてたら、出鱈目《でたらめ》抜かしおって」

清兵衛はお絹をにらむと店を指した。

「この人は、ここの主人の茜屋左之助《さのすけ》や。お前とはなんの関わりもないわ」

「何言うてんの。うちのお父ちゃんや。なあ、お父ちゃん」

お絹が左之助を見た。

「そうや、わいがこのお絹の親や」

「何やて」

清兵衛が左之助をにらむ。

「お父ちゃん、ほんまなんか」

「ああ、それが……ほんまなんや」

左之助は少し照れたような顔で頷《うなず》いた。

「つまり、お父ちゃんは、俺のお父ちゃんでもあるし、この女のお父ちゃんでもあるっちゅうんか」

「そない、ややこしい言い方せんでも……要はふたりともわいの子どもや」

「意味が分からん」

清兵衛はお絹を見ながら頭を抱えた。


「そやから、どういうこっちゃねん」

清兵衛が言うと、左之助は手を振った。

「そない、帰るなり、やいやい言わんでも。まあ、座れ」

清兵衛は仕方なく、左之助の投げた座布団の上に座った。斜め前には、お絹が足を投げ出している。茜屋の奥にある大部屋である。普段は、主人の左之助が使っている部屋だ。

「まずは清兵衛、お前の話を聞かんとな」

左之助は清兵衛の前に腰を下ろすなり言った。

「こない早《はよ》うに帰って来るやなんて聞いてへん」

「何言うてんねん。そっちから帰ってこいって手紙が来たから……」

清兵衛は懐から手紙を出した。

「誰が出したんや」

「お父ちゃんやろ」

「いや、知らんでー」

左之助は清兵衛から手紙を取って、眺めている。

「この手は……」

奥から音がして、中年の女に付き添われて、寝間着姿の女が出てきた。

「お母ちゃん」

「ああ、清兵衛、よう帰って来たなー」

清兵衛は慌てて立ち上がった。

「何や、病か」

「調子崩しまして」

付き添っていた女が言うと、お絹がすっと立ち上がって部屋を出て行く。それを横目に見ながら、左之助は清兵衛の母、すなわち己の女房に声を掛けた。

「お糸《いと》、しっかりせんか」

お糸は黙ったまま、横を向く。支えていた女に左之助は手を振った。

「お春《はる》、もう、ええから」

左之助が言うと、付き添っていた奉公人のお春も、お辞儀して出て行った。

「お糸、お前の手やな」

夫の左之助が手紙をかざしても相手にせず、お糸は清兵衛の横に座った。

「元気そうで良かった……ああ、あんただけが頼りや……」

お糸は今にも泣きそうな声を出す。

「で、お母ちゃん、一体、どないしたんや」

清兵衛は左之助から手紙を奪い返すと、お糸に見せた。

「この手紙は、お母ちゃん書いたんか」

「そうや」

「訳も書かんと、奉公辞めて急に帰って来いってだけ書いたあるから、こうやって帰ってきたんや」

清兵衛はお糸を見た。

「五年の奉公の約束を、まだ三年しか経ってないのに、並木《なみき》屋のご主人様が、手紙を見て、よほどのことやろ、はよ帰れと言うてくれたから、飛んできた。何があったんや」

聞いていた左之助がそろっと立ち上がって出て行こうとする。

「どこ行くんや」

お糸が叫んだ。

「厠《かわや》やがな」

「あかん。我慢しい」

お糸の顔が怖くなる。左之助は腰を落とした。

お糸は清兵衛の方を見た。同時にお糸の顔が急に苦しそうな顔に切り替わる。

「清兵衛、本当に迷惑掛けましたな。あんたが、将来、大商人《おおあきんど》になろうと思ってるのは小さい頃から知ってます。それで並木屋さんへ修行に出たのも分かってる。けどな……」

お糸が腕を顔に当てて泣き始めた。左之助はその隙に立ち上がろうとしたが、お糸の手がすっと伸びて左之助を引っ張り下げた。

「で、お母ちゃん、どうしたんや」

「他でもない、さっきの女や」

「あの、お絹ちゅう子」

「そう、あの女をこいつが……」

お糸の言葉の途中で、清兵衛が左之助を冷たい目で見た。

「またかー」

清兵衛がお糸を見る。

「そやけど、そんなことくらいでわざわざ帰らせたんか。別に、毎度のことやんか」

「おい、何や、親に向かってその言い方は……」

左之助が言うと、お糸が一喝した。

「あんたは黙っとき」

左之助は口をつぐんだ。清兵衛の顔も曇る。

「あんな娘、俺よりもずっと若いやろ。そんなんに手出したらなー。相手の親でも怒鳴り込んで来たんか」

清兵衛がそう言うと、お糸は首を振った。

「あんた、勘違いしてるな。あの、お絹は女やあらへん……子どもや」

「はあ」

清兵衛はしばし呆然《ぼうぜん》としていた。

「それって、その……お絹は……」

左之助が声を出す。

「清兵衛、相変わらず、鈍いやっちゃの。分からんのかいな。お絹はわしが他所《よそ》でこさえた子やがな……」

お糸の平手が、左之助の頬を打つ。

「嬉《うれ》しそうに言うな」

直後にお糸がへなへなと座り込んだ。清兵衛はようやく声を出した。

「お絹が子どもって……いくつ……」

左之助は頬を押さえながらも嬉しそうに答えた。

「鬼も十七、番茶も出花や言うて……」

「そら、十八や」

清兵衛はそう言って、お糸を見た。

「十七年も前にそんなことがあったんか」

「知るわけない……」

お糸は途中で不快そうに口を閉じた。左之助が口を開く。

「まあ、隠しとったわけや。十七年」

「それが、何で今ごろまた……」

「女が死におってな。流行病《はやりやまい》で」

左之助は急に悲しそうな顔をした。

「母ひとり、子ひとりやったからな。可哀想に思うてな。引き取って……」

そこでお糸が横から口を挟んだ。

「ちゃう、ちゃう、あの子から来おったんや。このままやと死んでまうとか、訳からんこと言うてな……とにかく大袈裟《おおげさ》なこと言うんや」

左之助はお糸を見た。

「そやけどな、実際のとこ、十七の娘ひとりでどうやって暮らしていける。下手したら、いや、下手せんでも、身売るくらいしかないやろ。なんぼ、なんでも、娘にそんなことさせられへん」

「あんたの娘か知らんけど、わたしの娘やないから」

お糸はそう言うと、清兵衛を見た。

「そんな、こんなで、押しかけて来て、そのまま居候や。わたしは、もう、腹がたつやら、情けないやらで、体の調子も悪うなってな……それで、お前に帰ってきてもろたんや」

清兵衛は頷《うなず》いた。お糸の言葉は続く。

「それでな、他でもない。お前にこの家、取り仕切ってもらおうと思ってな」

思いも掛けぬ言葉がお糸から出た。

「もう、今度という今度は、この人には任せられんと思うてな。かと言って、このとおり、わたしはもう体の案配があかん。そやから言うて、油断してたら、あのお絹が全部持っていきおる……」

「そんなことあるかい」

左之助が言うが、お糸は座ったまま、青白い顔でずっと体を震わせている。

「清兵衛、あんただけが頼りや……」

お糸はそう言うと、突っ伏して泣き始めた。

「おい、お糸、お糸、大丈夫か……おーい、お春、来てくれ」

廊下に足音が響いて、お春が慌てて入って来た。

「奥様、大丈夫ですか」

お春は、お糸を抱えるようにして出て行った。

清兵衛と左之助のふたりだけが部屋に残されたが、しばらくはお互い黙ったままだったが、ようやく左之助が口を開いた。

「まあ、そういうこっちゃ」

「何が、そういうこっちゃや」

清兵衛は左之助をにらんだ。

「そんな怖い顔すんなや。わいも、まさかこんなことになるとは、十七年前には思いもせなんだ」

「当たり前やろ」

清兵衛が吐き捨てるように言う。左之助はそれでもどこか、にやけている。

「お糸にも、今回は悪いことしたとは思うてる。もう、ずっと寝込んでしもうてな。時々、起きて怒っては、また泣き出して寝るの繰り返しや」

「誰のせいや」

「わいのせいやな」

左之助は見事なまでの潔さで認めた。

「それで、お糸の言うように、わいはもう引こうと思うてな。お前に店、継いでもらいたいんや」

左之助は真剣な顔つきになった。

「わいも、先代、つまりお前にとっては、おじいちゃんに当たる六右衛門《ろくえもん》から、この店継いで、大方二十年になる。そろそろ、次のことも、わいがまだ元気なうちに考えなあかんと思うてな」

左之助は真面目な口調で語った。

――こら、気をつけんと、何かあるぞ。

左之助がまともなことを言う時には、必ず裏がある。長い間、この父親を見てきた清兵衛にはよく分かっていた。

左之助の言葉は続く。

「まあ、そんなこんなで、ちょうどええかなと思うてな。大坂《おおさか》でも、三年修行したんやから、まあ、お前もやれるやろ」

左之助の上からの物言いは癪《しゃく》に障ったが、我慢して清兵衛は尋ねた。

「それだけか」

「何が」

「そやから、それだけの理由かって」

「他に何もあるかいな。お前にも、そろそろ大店《おおだな》の旦那《だんな》としてやな……」

左之助の真顔を見て、清兵衛は、はっと思った。

「お父ちゃん、徳次郎《とくじろう》さん、呼んでくれるか」

「今、大番頭に何の用があんねん」

「新しい旦那になるんやったら、まず挨拶《あいさつ》しとかなあかんやろ」

「そんなたいしたこっちゃない。徳次郎はお前の小さい時からずっと知ってる仲やないけ、今更、挨拶も何も……」

「おーい」

清兵衛は立ち上がると、廊下に声を掛けた。

「へぇ」

遠くでお春の声がした。

「すまんけど、徳次郎さんを呼んでくれ」

お春が駆け出す音がした。

「ほな、まあ、そういうことやから、正式にはまた決めよ」

急に話を終わらせて左之助が立ち上がろうとするのを、清兵衛はお糸と同じように腕を引いて座らせた。

「何や、何すんねん」

「徳次郎さんと話す時、一緒におってぇな。なんちゅうても、今はまだ主人なんやから」

「分かった、分かった」

左之助は、そこではたと思いついたように、清兵衛を見た。

「ああ、そういうたらな、さっき言うたのな、あれ、十七もあるんやで」

「何のことや」

「鬼も十七、山茶《やまちゃ》も煮端《にばな》、ちゅうのがあるねん」

「ああ、そう。はい、はい」

清兵衛は気のない返事をした。

「お待たせしました」

徳次郎が入って来た。

左之助より二つほど年上だが、こちらはもう真っ白の髪で、顔も皺《しわ》が入っている。小太りで、団子鼻が目立つ顔だ。その固い表情には真面目一辺倒の性格が現れている。

徳次郎は主人の左之助の方を向いたが、左之助が清兵衛を指した。

「今日から、あっちや」

「へっ……」

「清兵衛が店を継ぐんや」

「あっ、そうでっか」

徳次郎は一瞬呆然《ぼうぜん》としたが、すぐに言葉を継いだ。

「いや、いや、三年ぶりにお帰りになったと思うたら、そういうことやったんですか、ああ、そうでっか」

徳次郎は居住まいを正すと、清兵衛にお辞儀をした。

「この度は誠におめでとう……」

「ああ、徳次郎さん、まだ、わたしは主人になったわけではありません。その前に、聞いとかなあかんことがあります」

「なんでしょうか」

徳次郎が顔を上げた。

「茜屋の今の商売のことです」

「商売のことって、先代から、茜屋は縮緬《ちりめん》、つまり絹織物の問屋ですがな。若も知っておられるでしょう」

「ええ、知ってます。ただ、何でも物は一から学べ。並木屋の主人、貫太郎《かんたろう》様の教えです」

左之助が徳次郎を見て微笑む。

「なっ、聞いたか、徳次郎。さすが、大坂の商売人はええこと言うわ」

清兵衛は構わずに徳次郎の方を向いた。

「それで商売の調子はいかがでしょうか」

徳次郎の固い顔がぴくっと動いた。そしてちらりと左之助を見る。

「そ、そうですな」

まだ徳次郎の目は左之助をうかがっている。

「徳次郎さん、今、全部、正直に話してくださいね。今言う分には、何も問いません。そやけど、後から、なんやかんやと出てきた時は、全部あんさんのせいになりまっせ」

途端に、徳次郎の顔が青くなった。

この言葉も修行先の並木屋で学んだ。主人が手代に何か尋ねる時に、この文句が出ると、正直にすべて話すのを清兵衛は何度も見た。

「大福帳を取って参ります」

徳次郎はそそくさと部屋を出た。

「おい、主人やからって威張ってたら、誰もおらんようになるぞ」

左之助が言うと、清兵衛は首を振った。

「威張ってるんやない、仕事してるんや。それに、跡を取るなんて、まだ一言も言うてないし」

「何や、ややこしいやっちゃな」

左之助は横を向くと、煙草盆を引き寄せ煙管《キセル》に煙草を詰めて吸い始めた。


「何やて、何もない」

清兵衛は思わず声を荒らげた。

徳次郎の額からは汗が流れている。さっきまで煙草を吹かせていた左之助の顔も強《こわ》ばっている。

「要するに、この茜屋の蔵には何も無いっていうことですか」

「先代がたくわえた銀はもう、ほとんど残ってませんし、あっても、今ある借金がそれを上回ってますな」

徳次郎は恐る恐る、しかしはっきりと言い切った。清兵衛は思わずため息をつく。

「何でそんなことに……」

「ここんとこずっと、出入りで言うと、出の方が多い年が続いてました。先代がたくわえたものを切り崩して何とか持たせてきたゆうんが、ほんまのところですわ」

「何年くらいですか」

徳次郎がまた左之助の顔を見た。

「それは……まあ……大体、二十年ほどですな」

今度は清兵衛が左之助を見た。

「お父ちゃんが跡継いでからやな」

「おい、親に向かって、何や、その言葉は」

「親でも、何でも、言いとうなることやろ」

左之助の物言いに、清兵衛は逆に怒鳴り返していた。

清兵衛は、遊び人の父よりも、この茜屋を造った先代の祖父、六右衛門のことが好きであった。

――小さい頃、よう商売の話をしてくれた。

まだ戦国の世で、堺がその権勢を誇っていた頃、この祖父、六右衛門が縮緬、すなわち絹織物を中心に商いを始めたのが、この茜屋であった。

六右衛門の誠実で堅実、かつその抜け目ない性格によって茜屋は商売を大きくしていったが、その裏には糸割符《いとわっぷ》制度のおかげがあった。

当時、絹の原料である生糸はほとんど国産されておらず、異国からの輸入に頼っており、その買い付けと卸は糸割符仲間と呼ばれる特定の商人だけに独占的に許可されていた。そしてその糸割符仲間に選ばれたのは、京、長崎、そして堺の商人のみだったのである。

茜屋が絹織物の買い付けなどを優先的に行う権利を得たのも、他ならぬこの六右衛門の並々ならぬ尽力のせいであったのだ。

そんなことをじっと思っていると、次の瞬間、自然に清兵衛の手が動いていた。

「己ひとりで、おじいちゃんの貯めた金使い切ったんやぞ。一体、何に使《つこ》うたんや……言うてみい……」

清兵衛は左之助の襟をつかんだ。

「な、何すんねん」

「ああ、若、それはあきません」

徳次郎が止めに入ると、清兵衛も手を離した。左之助はほっとしたような顔になると、襟を直して埃《ほこり》を払うように手で着物を叩《たた》いた。

「あのな、言うとくけどな。お前も、その金で大きいなったんじゃ」

左之助はそう言って、再び座り込むと、煙管を手に取った。

清兵衛は何か言いたそうにしたが、徳次郎の方を向いた。

「では、うちの蓄えは無いと思たら、ええんですね」

「まあ、そうなります」

徳次郎が渋面で頷《うなず》く。

「仕入れと売上のことも、きちんと教えてくれますか」

「分かりました」

それから徳次郎は約半刻《はんとき》以上、ひとりで話した。

清兵衛にとっては驚くような話ばかりで、その度に左之助をにらみつけた。

ただ、徳次郎には舌を巻いていた。

――大福帳見ないでも、数字が口から出てきおる。やっぱり、ただもんやない、この人は。

「まあ、こんなとこですな」

「ということは、お父ちゃんが使うて金が出て行っただけやのうて、年々、売上が落ちてきてるということでっか」

清兵衛の問いに徳次郎が深く頷いた。

「大体この二十年ほどで、約半分ですな。当然仕入れも少のうなってます。特にここ五年ほどは、毎年、毎年、綺麗《きれい》に五十貫ずつさがってまして……」

「そやけど、糸割符仲間があるから、たやすくは商売が左前になるようなことはあらへんと思うんですが」

「それがですね……」

徳次郎が何か言いたそうにしたが、左之助が横から口を挟んだ。

「もう、そない、細い銭のこと、言わんでも、ええがな」

そう言うと、左之助が煙管をぷかりとふかした。

「へ、へぇ」

徳次郎は恐れ入ったように返事をしたが、清兵衛は首を振った。

「続けてくれるか」

「へ、へぇ」

徳次郎が同じ返事を繰り返した。

「清兵衛、ちょっとえぐすぎるんとちゃうか。商いなんてもんは、水物やないか。金は天下の回り物言うてな……」

「そうか、回り物か……そやけど、二十年、回って来てないで」

清兵衛は冷たく言い放つと、徳次郎の方を見た。

「細かい数字のことは、また明日《あした》見せて貰《もら》います」

「ああ、分かりました。それでは……」

「いや、ちょっと待った。他に聞きたいことがあります」

徳次郎の顔が曇った。左之助が首を振る。

「おい、清兵衛、徳次郎も忙しいんや、店が回らんようになるがな」

「何を今更、二十年前から回ってない」

左之助の言葉に、清兵衛はすかさず返して、徳次郎を見る。

「聞きたいのは、奉公人のことです。中番頭の太助《たすけ》さんの顔が見えんのやけど、どっかへ行ってるんでっか」

徳次郎の顔がまた歪《ゆが》む。左之助はそっぽを向いた。

ようやく徳次郎の口が開いた。

「それが……二年程前に、辞めましてな……」

「な、なんやて。一番、計数ができて、しっかりしとったやろ。なんで辞めたんですか」

「へ、へぇ……それが……大坂の店から引っ張られましてな……」

「太助さんがそんな話に乗ったんか」

「人なんちゅうもんは分からんからな。しっかりしてるように見えるもんほど、そうや」

左之助は訳知り顔で煙管《キセル》片手にそう言った。

「お父ちゃん、頼むから、黙っといてくれ」

清兵衛は徳次郎を見た。

「手代の梅吉《うめきち》、それに勘太《かんた》は」

徳次郎がうつむいた。

「俺のおらん三年で一体、何人がおらんようになったんや」

徳次郎は黙っている。左之助も何も言わない。

「徳次郎さん、隠しても、すぐ分かることやで」

徳次郎は観念したような顔になった。

「そうですな。女子《おなご》もいれて、五人辞めました。今、言うた太助、梅吉、勘太、それに、平六《へいろく》とお半《はん》」

「平六って、あの働き者の……何でや……」

左之助が口を出す。

「まあ、それぞれな。事情があってな。こっちから辞めてもろたんや」

「事情って何や」

「色々あってな。まあ、今言うたように、他所《よそ》に引かれた裏切者もおれば、こっちも左前になって、給金減らししたいのもあったし、駆け落ちしたのもおってな……」

徳次郎が首を振った。

「それは違います」

「徳次郎」

「旦那《だんな》様、もう誤魔化さんほうがええと思いますよ」

左之助は、再び煙管をくわえようとした。

「熱っ……反対やがな」

左之助は器用にくるっと煙管を回すとくわえ直した。

徳次郎は清兵衛の方を見た。

「はっきり言います。みな、この店を見切ったんです」

「どういうこっちゃ」

「店が段々と落ち目になっていくのを見て、こら、あかんと思うたんでしょうな。頭の回るもんから、先を見越して出て行ったんですわ。止めても止まりまへん」

清兵衛は首を振った。

「ほな、今、おるんは……」

「へぇ、手前以外には、もうひとりの番頭の政八《せいはち》、手代は前からいる友松《ともまつ》と伊助《いすけ》、それに、若は知らないと思いますが、新しくいれた健吉《けんきち》、あとは前から奉公してるお春……これだけです」

「なるほど、人手も無いわけか。道理で、来た時に、誰も出てけぇへんかったわけか……」

「そんなことがあったんでっか」

「今日、帰って来た時、店に誰もおらんかった。金箱も開いたままで」

徳次郎の顔がまっ青になる。

「わてが出てる間は、誰かひとりはおるようにと言っておいたんですが」

「それはおかしな話。店に手代がおるのは当たり前や。それとも、勝手に出て行ったりしとるんですか」

徳次郎がうつむいた。

「それから、その時のぞいた金箱には、一両も入ってなかった。ああ、もう帳場は閉めたと思うたんやけど、まさか……」

「誰かが盗んだか」

左之助が言うと、清兵衛は首を振った。

「それやったら、まだ、ええわ」

「はあ、お前、奉公人に盗人《ぬすっと》がおったら、あかんやろ」

清兵衛は左之助に構わず、徳次郎を見た。

「ほとんど、もう、今は、売上が無いんちゃいますか」

徳次郎の顔が一層青くなる。清兵衛は言葉を重ねた。

「ほとんど、無いんですね」

徳次郎が下を向いた。左之助が助け船を出す。

「そない、徳次郎だけを責めてもしゃあないやろ」

「お父ちゃん、ええこと言うな」

「そやろ」

「徳次郎さんだけ責めるなんて、そんなことはせぇへん」

「うん、それでこそ、茜屋の主人になる男や」

清兵衛は左之助と徳次郎を見た。

「みなを責めます」

左之助と徳次郎は同時にぎょっとなった。

清兵衛はそこでいきなり座り直すと正座した。

「お父ちゃん、徳次郎さん」

思わず、左之助と徳次郎も居住まいを正した。

「俺、明日《あした》から、三代目茜屋主人になりますので、どうぞ、よろしくお願いいたします」

清兵衛は畳に頭を擦《こす》りつけた。

「おお、そうか、ほなら、そうしてくれ。まあ、わいもな、先代として色々力を貸したる。何でも言うてくれ」

「ほんまに」

清兵衛は急に嬉《うれ》しそうな声をあげた。

「おう、何でも聞くで」

「ほなら、ひとつだけ」

「何や」

「一切、商売に口出さんといてくれ」

「な、何やと……」

清兵衛は徳次郎の方を向いた。

「徳次郎さん、よろしゅうお願いいたします」

清兵衛はもう一度頭を下げた。

「へ、へぇ」

「おじいちゃん、帰って来たで」

清兵衛は奥の仏間に入った。薄暗く、狭い部屋に線香の匂いがする。

「懐かしいな」

清兵衛は己の体ほどもあろうという仏壇の前に座ると、行灯《あんどん》から火を取り、蠟燭《ろうそく》を上げると、鐘を二度叩《たた》いた。

チーン、チーンと音が響く。

清兵衛は静かに手を合わせて頭《こうべ》を垂れた。

しばらくすると、やっぱり声がした。

「清兵衛、久しいのう」

「おじいちゃん」

拝んでいた清兵衛は微笑んで顔を上げて、周囲を見回した。

無論、誰の姿も見えない。

祖父の六右衛門が死んで、すでに十二年が経つ。清兵衛がまだ九歳の時だ。

しかし、以来、清兵衛が仏壇に向かう度に六右衛門の声が聞こえた。左之助やお糸ら他の家族は何も言っていないから、清兵衛だけに聞こえるようだ。

それゆえ、清兵衛には六右衛門が死んだように思えない。この仏間にくればいつでも話ができると思っていた。

「おじいちゃん、今日、奉公先から戻ってきたんや。それで、いきなりやけど……」

清兵衛は背筋を伸ばした。

「大事な報《しら》せがあってな。俺、跡取ることになったで」

清兵衛は耳を澄ました。

「そうかー。お前が主人かー。まあ、それがええな」

最初は嬉しそうな声を出していたが、最後は低い声になった。

「あの左之助はあかん。商売、いや、銭金を扱うのに向いてへん。お前なら安心やで」

「おじいちゃん、ありがとう」

清兵衛は再び頭を下げた。

「お前は小さい頃から、ずっと言うとった。いつか日の本一の商人《あきんど》になりたいって。そんなお前や。絶対いけるで」

「その為に、大坂の並木屋さんで修行したんやから」

清兵衛は少しだけ前に出た。

「それでな、おじいちゃん、ええこと教えたろか。今の大坂の商人には、江戸店持《えどだな》、京商人が流行《はや》ってるねん」

「聞いたことないな。何や、それ」

「京都を本店にして、江戸に店を出すちゅうこっちゃ」

「ふん。何や、そんなもん、それやったら、堺で日の本一の商売人になった方がずっとええわ」

「そやな、ははは」

「ははは……」

六右衛門はしばらく笑っていたが、やがてしみじみとした声を出した。

「わいが若かった頃はな、堺がほんまに日の本一の商売人の町やったんやで」

「何遍も聞かせてもろうたな」

「そうや。今でも思い出すんや、わしがほんまに若い頃に出会ったほんまの日の本一の商人、今井宗久《いまいそうきゅう》様のこと。ほら、ごっつい偉かったんやで。お前、織田信長《おだのぶなが》って知ってるか」

「もちろん、知ってるわ」

「その信長がいきなり堺を軍勢でぐるり囲みおったんや。ほんで、金出せ言うてきおった」

「何や、それ、無茶苦茶やんけ」

「そうや。堺の衆もお前と同じこと言うた。そんなもん、相手にできるかって。ところが、宗久様だけは違《ちご》うたんや」

「脅されて、金出したんか」

「ちゃう、ちゃう、そんな薄っぺらいお人やない。この信長言うんが、これから天下取ると思うたんや。まあ、目の利く人やったからな。実際、堺の衆、説得して、金を出したら、まあ、それからは信長はどんどん偉くなっていきおった」

「宗久様が当たったんやな」

「そうや。もしおらんかったら、堺がどないなっとったか。その後、大坂の陣で負けた腹いせに、豊臣《とよとみ》方が火付けしおった時もそうや、今度は息子の今井宗薫《そうくん》様がよう働きおってな」

「おじいちゃんと年変わらんのやろ」

「そうや、このお方は徳川《とくがわ》の大御所様と仲良うしてな堺を守ってくれはった。糸割符仲間にもしてくれたし」

「うちも助かったんや」

「そのとおり、ははは」

しばらく六右衛門の笑い声がしたが、やがて心配そうな声になった。

「そやけど、正直心配やー。だいぶ、この店、あかんのやろ」

「だいぶどころか……」

「そなあに悪いんかー。あの、阿呆《あほ》んだらが」

「お父ちゃんになってから、えらいことになってる。そやから、俺がやるしかないって思うたんや」

「そうかー、すまんな、清兵衛、頼むで。あの左之助の阿呆の分、しっかりやってくれよ」

「ああ、おじいちゃんの頃のようにはすぐに戻せんけど、とにかく、ちょっとでも挽回《ばんかい》せんと」

「助けたいのはやまやまやが、なんせこないになってしもうては、どもならんし」

「そら、死んでんねやから。ははは」

清兵衛は思わず笑ってしまう。

「そやな。ははは」

六右衛門の笑い声も聞こえた。

しばらく、ふたりは笑い合っていたが、やがて清兵衛が頭を下げた。

「明日《あした》から、しっかりやります。立て直します。それで……」

「何や」

「ひとつ教えて欲しいんや。おじいちゃんが商いで一番大事にしたことは何やった」

「ははは、そんなことか。何やと思う」

「金の出入りか、それとも縮緬《ちりめん》の仕入れ先、いや、まず奉公人のことか」

「ちゃう、ちゃう、そんなことよりも、一番大事なんは掃除や」

「掃除……」

「そうや、表も裏も、外も内も、見えるとこも見えんとこも、全部、綺麗《きれい》に掃除する。物事はそこから始まるんやで」

清兵衛は今日戻って来たときに見た、汚い店先を思い出していた。

「そうか、それや」

清兵衛は叫ぶと、もう一度頭を下げた。

「おじいちゃん、ありがとうございます。ほんまに、ありがとう」

しかし、もう六右衛門の声は無い。清兵衛は静かに頷《うなず》くと立ち上がった。仏間を出ようと障子を開けると、左之助とお糸が廊下に立っている。

「清兵衛、あんた、跡取ってくれるんやてな」

お糸が嬉《うれ》しそうに言うと、清兵衛は笑みを見せた。

「お母ちゃん、任せてくれ」

「ああ、もう、嬉しいわ〜」

お糸が泣き出した。

「泣かんでもええやろが」

左之助が顔をしかめた。

「おい、清兵衛、お前、何かひとりしゃべってなかったか」

「いつも言うてるやろ。おじいちゃんと話してるって」

「そ、そうやけど……」

「何か、ある」

「いや」

「ほな、今日はもう寝るわ」

清兵衛が歩き出すと、左之助がお糸に話しかける声が背後で聞こえた。

「けったいなこと言うな〜。ちょっと、おかしいんちゃうか」

「あんたにだけは言われたないやろな」

お糸が言うと、左之助は頷いた。

「まあ、そら、そうか」

左之助は廊下を歩き出した。お糸もお春に連れられて寝室へ向かうようだ。

清兵衛は離れた所から声を掛けた。

「お父ちゃん、どこ行くん」

「ちょっと、一杯……」

左之助はお猪口《ちょこ》で酒を呑《の》むふりをした。

「ああ、そうなんや。ごゆっくり」

清兵衛がにこやかに言うと、左之助も笑みを返した。

「おう、行ってくるわ」

「店の金で呑むの最後やから、ようお楽しみに」

「えっ、何やて」

「明日からは店の金で酒は呑ませません」

そう言うと、清兵衛は背を向けて歩き出した。

「生意気抜かしくさって……」

左之助はそれでも外へと出て行った。

二、

「何や、これは。誰もおらへん」

清兵衛は周囲を見回してむっとした。大番頭の徳次郎の顔だけが見える。

「他は」

「はあ、まだ……その……」

徳次郎が情けない顔をした。

帰宅した翌朝六つ、清兵衛は家族を含めて、店の者を全員、広間へ集めていた。

左之助、お糸の両親、妹になったお絹、大番頭の徳次郎、番頭の政八、手代の健吉、友松、伊助、小間使いのお春、そして清兵衛をいれて十人である。

しかし、なかなか他は出てこない。

ようやく六つの鐘と同時に、帯を巻きながら、政八が出てきた。

「なるほど、さすが番頭や」

清兵衛は苦笑した。

しばらくして、何と父親の左之助が出てきた。

「お父ちゃんにしては、できすぎやな」

清兵衛はつぶやいた。

その後ろから、お春に連れられて母親のお糸がやってくる。

残りの手代はと言うと、まず若い男、清兵衛は顔を見知らないから、昨日聞いた健吉であろう男が、走ってきた。

それから、かなり遅れて、友松、伊助が笑顔でしゃべりながら、入ってくる。

「おい、はよ、座れ」

徳次郎が見かねたように言うと、ふたりはさすがに口を閉じて、腰を下ろした。

左之助はにやにやしながら、煙草盆を傍に置いた。

「これで、皆か」

「いや、あの、いとはんは、よろしいんで」

徳次郎が清兵衛の顔を見た。

「いいや。すぐ呼んで。ある意味、一番呼ばなあかんやっちゃ」

徳次郎が目配《めくば》せすると、お春が走って行く。

お絹が出てくる間、みな黙り込んで、じっと清兵衛の方をうかがっている。時々、左之助が煙管《キセル》を煙草盆に叩《たた》きつける音がするだけだ。

「何やの」

「ええから、早《はよ》う」

ようやくお絹が現れた。寝間着の上に、羽織を被《かぶ》っている。

「お絹、何やその格好。明日からはちゃんとして出てこい」

清兵衛はぶっきらぼうに注意した。

いきなり厳しい言葉、しかも呼び捨てにされたので心外そうにしたが、お絹はその場に腰を下ろした。

「これで、みな集まったか……六つ言うたけど、えらい遅い六つになったな。大方、四半刻《しはんとき》も過ぎてるわ」

清兵衛は皮肉交じりに言いながら、ひとりひとりの顔を見た。

そしてひとりの男のところで、口を開いた。

「名前は」

「へ、へぇ、健吉で」

清兵衛と同じか、少し若いくらいの男が頭を下げた。鋭い目と高い鼻がよく目立つ顔をしているが、今はまだ眠たいのか、時々、目をつぶったりする。

清兵衛は頷《うなず》くと、再びひとりひとりの顔を見ていく。

欠伸《あくび》をかみ殺しているお絹以外は、緊張の面持ちで清兵衛を見ていた。

その中で清兵衛はみなの前へ出ると、両手を前で握り、深々と腰を折った。

「今日から、三代目、茜屋清兵衛となります。みな、よろしゅう頼みます」

清兵衛はしばらくそのままにしていたが、やがて顔を上げた。

昨晩のうちにみなにその報《しら》せは届いていたのだろう。特に驚いている様子の者はいない。

清兵衛は続けた。

「昨日、徳次郎さんから、この茜屋の話は色々聞きましたけど、まあ、長い話は聞かんでしょうから、まず今日はひとつだけ言います」

全員の目が清兵衛に注がれる。

「これは先代、いや、今日からは先々代になるか、六右衛門の言うたことですが、掃除、これをやって貰《もら》います」

聞いていた徳次郎が何か言おうとするのを、清兵衛が手の平で制した。

「ああ、今までも掃除当番がおった言うんでしょ」

清兵衛の言葉に徳次郎は頷いた。

「それは、まあ、続けてもらいますが、それとはちゃいます」

清兵衛は少し息を吸うと、大きな声を出した。

「今、この瞬間から、茜屋のもんはみな掃除するんです」

聞いていたみなが当惑顔だ。

「どういうこっちゃ」

左之助が聞くと、清兵衛はにやりとした。

「どういうも、こういうも、言うたとおりや。これからは、みなで掃除をする。つまり、目についたちりやごみはすぐに拾う、汚れがあったらすぐに拭《ふ》く、物が片付いてなかったらすぐに片づける、そんなこっちゃ」

左之助は首を傾げた。

「みなってどういうことや」

「そやさかい、見かけたもんがすぐにその場で掃除する言うことや」

ようやく理解したのか、全員が顔を見合わせている。

「朝、昼、店じまいの一日三回、店前や裏を掃き掃除するのは知ってる。家の中はお春さん、ひとりでやってたのもや。それは、続けてもらうけど、みなでやった方が早う済むやろ。それに、一番大事なことは、汚いままの時間が短くなる」

そこで清兵衛はみなを見た。

「恥をさらす時も短くて済むいうことや」

清兵衛の声が大きくなったので、みなは気圧《けお》されている。お絹まで、顔を引きつらせていた。

「で、最後は、一瞬もそんな時が無いようにしてもらう」

左之助が煙管を煙草盆で打ち、灰を落とすと煙管を再びくわえた。

「例えば、それや」

清兵衛の声が響いたかと思うと、その指が左之助の煙草盆に向けられている。

「な、なんや」

「灰が床にこぼれてるで。ここは何の店やと思うとんねん。縮緬《ちりめん》、絹織物の店やで。灰がついたら、どないすんねん。すぐ、始末して」

左之助は慌てて、こぼれた灰を手で何とかつかんで盆にいれる。

お春が立ち上がって、雑巾《ぞうきん》を持って来ると拭き取ろうとした。

「お父ちゃんに、やらせて」

「はい」

お春が左之助に雑巾を渡す。左之助は仕方なく灰を拭き取り始めた。

「まあ、ようはそういうこっちゃ。とにかく、今の今から、すぐ始めてや」

清兵衛は明るい口調になった。

「よっしゃ、店始めましょ。今日からしっかりやってくださいや」

清兵衛は言うと、手を何度かパンパン叩いた。全員がそれぞれの持ち場へ向かう。

左之助は煙管をくわえたまま、奥へと入って行く。お糸とお絹も、部屋へと戻るようだ。

清兵衛は徳次郎を呼んだ。

「徳次郎さん、今日は一日、引っ付かせてもらいます」

「へ、へぇ、それは構わんですが、何か」

「まず今の様子を見ますから」

「はあ」

徳次郎が返事をした時、声がした。

「徳次郎さん、ちょっとお願いします」

政八が戸口の所で手招きしている。

「何や、どないした」

「へえ、仕入れの荷が来たんですが、またこんな柄ですがな」

「どれ、どれ、ああ、またこれか」

徳次郎は政八の顔を見た。

「あんだけ、言うとけ言うたやろ」

「いや、言いましたがな。でも、先方が聞く耳持たんのですわ」

「そうか、しゃあないな。いつまで同じ唐草模様描いとんねん。あの屋島《やしま》屋の親父、何、考えとるんや」

「流行《はやり》のええ柄にせぇって言うても、これですわ」

「何でやねん」

「何や、もうちょっと貰わんとみたいなこと言うんですわ」

「何を抜かしとんねん。金なんかあらへん。とにかく箪笥《たんす》に入れといてくれ」

政八は頷くと、戸口でぼやっと立っている伊助を呼んだ。

「おい、伊助……伊助っ」

ようやく伊助が振り向いた。

「これ、箪笥に仕舞《しも》うといてくれ」

伊助はすぐに反物を受け取ると、畳に上がって箪笥へと運ぶ。

「ああ」

反物が伊助の手から落ちて転がっていく。

幸い土間に落ちる前に、政八が手で止めたので汚れることは無かった。

「きちんとしいや」

政八が伊助を注意する。

清兵衛はそれを見た後、土間に降りて草履を履くと外へ出た。

健吉が店前を掃いている。徳次郎も出てきた。

「どうですか」

「どやろな」

健吉は清兵衛の言葉もあり、懸命に掃いている。店前をきちんと端から端まで、そして道の中程までを丁寧に掃除していた。

「ええがな」

清兵衛は微笑んだ。昨日、清兵衛が見た汚れた店前の大道筋は見違えっていく。

「やっぱり、今まではやってなかったんやな」

清兵衛が徳次郎を見た。徳次郎が済まなそうに頭を下げる。

「言うては、おったんですが」

しばらく見ていた清兵衛は健吉を呼んだ。

「健吉、ええで、よう掃除できてる」

「ああ、ありがとうございます」

呼ばれた時は緊張の面持ちだった健吉だが、嬉《うれ》しそうに笑った。

「ただな……」

清兵衛の言葉に、健吉の顔が青ざめた。

「……きちんとやり過ぎや」

「どういうことで」

「うん、あのな、お前な、きっちり、うちの店の前を掃いたな」

「ええ、きっちりやりました」

「そこやねん。俺もな、奉公に出た時まったく同じことしたんや。そしたら、そこの主人がな……」

言いながら、清兵衛の頭に修行先の主人、並木屋貫太郎との思い出が頭に浮かんだ。

「おい、清兵衛。そんな掃き方したら、あかんがな」

「いや、そやかて、ちゃんと店前は隅々まで……」

「あかん、あかん、それではあかん」

言うと並木屋は清兵衛から箒《ほうき》を受け取ると、己で掃き始めた。そして清兵衛が隣との境界をきっちり守って掃いていたのに対し、並木屋は大きく隣の店の前まで綺《き》麗《れい》に掃く。

更に反対側の隣の店前も、かなり大きく掃き、終わると今度は、往来をどんどん掃いていって、とうとう向かいの店前まで綺麗にしていった。

そういう風にして大幅に広く掃き清めると、並木屋は清兵衛のところへ戻って来た。

「こうやってな。どうせやるなら、隣近所の前までやっとくんや。手間なんか、たいして変わらへん。それでも、えらいありがたいって言うてくれる。そしたら、しめたもんや……」

「はあ」

当時の清兵衛は何をそんな面倒なことをと思ったが、今、主人になってみて並木屋の気持ちが分かった気がする。

清兵衛は健吉に、並木屋と同じことをさせた。

「えっ、両隣と前ですか」

健吉は首を振りながらも、箒を持って掃き始めた。

この大道筋は堺はもちろん、大坂の往来と比べても道幅が広く、しかも通行人が朝から多い。

それでも健吉は汗をかきながら、向こう側まで着くと隣近所の前まで掃いた。

清兵衛は頷《うなず》くと、徳次郎を見た。

「徳次郎さん、あの箒やが」

「へ、へぇ」

「もう先がめくれ上がって使い物にならんのとちゃうか」

「ああ、まだ、使えますやろ」

「いや、あれ使わされる健吉が気の毒や」

「はあ」

徳次郎はため息だけつくと中へ入った。

結局、その日一日は、徳次郎の仕事を横で見るだけで終わった。そして夕餉《ゆうげ》の後、徳次郎を広間に呼んだ。

「すまんな」

清兵衛はそう言って、早速話を始めた。

「今日一日見たんやが、やっぱり掃除だけではどうにもならんわ」

徳次郎が渋い顔になった。清兵衛の言葉は続く。

「金が本当にないんですね。箒ひとつもケチらなあかんようや。ああいう物は人前で使う物や。あんまりみっともない物を使《つこ》うとったら、店の評判が悪いやろ。それに唐草模様もそうや。金払いが悪いから、向こうも模様を変えずに、卸してきおる。とにかく金がいりますね」

徳次郎はすまなそうに頷いた。清兵衛の声が更に大きくなる。

「金だけやない。人もあかん。朝がまずきちんと集まらんし、言われた仕事しかせん。いや、言われた仕事もしてなかったようや……手代の三人も、客が来ん時はくっちゃべっとるし、店の中の掃除はお春だけやと手が回らん。それから、反物の扱いがええ加減過ぎる、今日だけで、下に落とすのを何回見たことか……」

「確かに」

「それに客が来た時に、何で待たせるんや。今日は見る日やから、何も言わんかったが、ちょっと知恵使うた方がええ」

「ああ、それでも高級な縮緬《ちりめん》はわてと政八しか扱えませんのや。手代三人には、もっと安い絹織物しかやらせません。年季がいるんですわ」

「なるほど……」

しばらく清兵衛は考えていたが、徳次郎に尋ねた。

「そやけど、確か最初に来た客は、高いのを買いに来た客とちゃうかったな。けど、徳次郎さんが相手しとった」

「ああ、そら、まずわてができるだけ相手して……」

「そこから、変えよか」

「へっ」

「うん、つまりな、徳次郎さんと政八さんは、高級縮緬の客の相手だけする。つまり手代の三人が相手できる時は、たとえふたりが手空きでも三人にやらせる。そうして、高級縮緬の客だけ相手にしてみ、うまいこと回るんちゃうか……」

「はあ。しかし……」

「しかし、何や」

「うちの三人、まだまだでしてな。客相手に話をするのがやっとで。正直、信用無いんですわ」

清兵衛は頷いた。

「そやから、何でそないなったかや。徳次郎さん、あんた、さっきも言うたようにできるだけ客を相手にしようとしてきたやろ」

「へえ」

「お父ちゃんがああやから、頑張らなあかんと思うて」

徳次郎は首を縦に振る。清兵衛はその顔を見た。

「少しはやらさなあかん。そうせんといつまでたっても丁稚《でっち》と変わらん。働いてもらわなあかんのや、あの三人にも」

「そうですな。確かに。ちょっと変えます」

「そうしてくれるか」

その時、裏口から入って来たお絹が土間を回って広間に来た。

「ああ、ただいま」

お絹は軽く言うと、上がってそのまま奥へと入って行く。

「どこへ行ってたんや。もう五つやろ」

清兵衛はひとりごちたが、すぐに徳次郎の方を見た。

「ああ、あいつ見て思い出したけど、商い中に店の者がふらふら外へ出て行く癖があるみたいやな」

徳次郎の顔が険しくなった。清兵衛の顔も厳しい。

「俺が帰った時も、誰もおらんかった。あんなことはないようにせんと」

「へぇ、まあ、昼飯やとか、ちょっと息抜きにとか言うのは認めてましして」

「昼は店で食べられるやろ」

「はあ、それが……このところ、おかみさんの調子が悪うてお春がそっちへかかりきりで、飯は朝と夕で精一杯でして」

「ふ～」

清兵衛は天井を仰いだ。

左之助が奥から出てきた。さすが縮緬問屋の主人らしく、高級な着物を着ている。

「おっ、遅うまで、ご苦労さん。どや、だいぶ、店のこと、分かったか」

「おかげさんで。一日で、お父ちゃんよりも、よう分かったわ」

「そら、良かった。頑張って、儲《もう》けてくれよ」

左之助は清兵衛の皮肉も相手にせず、草履を履いた。

「今時分から、どこ行くねん」

「そんなおとろしい顔すなよ」

「今のうちには遊びに行く金なんて一銭もないで」

左之助は首を振った。

「そんなこと分かってる。ただ、今日はしゃあないねん」

「何がしゃあないねん」

「お蝶《ちょう》の店《たな》が新築しおってな。その祝や」

左之助は土間に立った。

「こら、行かな、しゃあないやろ」

「しようもない」

清兵衛は吐き捨てるように言った。

左之助は裏口へと回っていく。

「新築って」

清兵衛がつぶやくと、徳次郎が口を開いた。

「お蝶いうんは堺一の別嬪《べっぴん》芸者ですわ。で、淡路《あわじ》屋ちゅうとこで出とるんですが、新築したのは一年半ほど前でして」

「な、何やて……」

清兵衛はため息をついた。

「もう、お父ちゃんのことはええわ」

清兵衛が、徳次郎の開いた大福帳をのぞきこんだ。

「そやけど、客が少ないな」

「へぇ、本当に減りました。それと……」

徳次郎が何か言いかけた時、今度は友松と伊助が奥から出てきた。

ふたりは、清兵衛と徳次郎が居ることにぎょっとした。

「何や、どうかしたんか」

清兵衛が言っても、ふたりは黙っている。

「また煮売り屋か」

徳次郎が言うと、ふたりは頷《うなず》いた。

「さっさと行って来い」

ふたりは慌てて土間へ降りると、これまた裏口へ向かった。

徳次郎が清兵衛を見た。

「近くに煮売り屋ができましてね。酒飲みに行くようです。ほぼ、毎晩」

「止めたくても、お父ちゃんがああじゃ、止められんな」

清兵衛は気分が悪くなった。

その後もかなり長い間、清兵衛は徳次郎から話を聞いた。そして、ほぼ話も終わった時、徳次郎が眉間《みけん》に皺《しわ》を寄せた。

「実は、一番大事なことが」

「何です」

「さっきも言われましたが、もうほんまに銭がおまへん」

清兵衛は静かに聞いている。徳次郎の声がわずかにかすれた。

「仕入れも、ままならんことになってます。借金の利もかさばってきてて、返さんとあきません」

徳次郎の目に涙が浮かんだ。

「切羽詰まってます。そやから、よう、若がお帰りになってくれたと思ってます」

徳次郎は清兵衛の前でとうとう泣き始めた。

「ちょ、ちょっと、徳次郎さん、待ってくれ……な、ちゃんと話してくれんと分からん」

徳次郎は涙を拭《ぬぐ》った。

「へぇ、今月末までに借金の利払いがあって」

「なんぼや」

「十五両」

「何やて、毎月そんなに払《はろ》うてんのか」

「へえ、本来は大晦日《おおみそか》に百五十両でしたが、三回ほど払えんことがあって以来、そんなことに」

「他には」

「仕入れができてません。注文受けた縮緬《ちりめん》も、ずっと客を待たせてます。先に金を受けて」

「なんやて。先に金を取ったんか」

「へぇ、金いれてもうたら、早く縮緬が届きます言うて」

「誰が」

徳次郎は黙ってしまう。清兵衛は天井を仰いだ。

「あの、阿呆《あほ》親父は、ほんま、あかんな」

「いや、でも、そのおかげで少し息をついたのは間違いありませんので」

「そやけど、結局あとになってえらいことになるんや」

「はあ、もうなってます」

徳次郎は額の汗を拭った。

「その金は、貯まってた仕入れの精算に使《つこ》うてしもて……」

「使うてしもたって」

「申し訳ございません。もう金策がつきて」

徳次郎は涙ながらにうつむいた。

「それで、その予約受けて先受けした縮緬の仕入れはできたんか」

「いいえ」

「仕入れ代はなんぼほどや」

「銀で十貫ほど」

徳次郎の声が最後は消え入るようになった。

「何やて」

清兵衛の声は逆に大きくなった。

「今月末までで、そんなに」

「へえ。もう縮緬は店にはほとんどありません。至急仕入れんとあかんのです。先受けした人にも、今月末にはご用意しますと」

「お父ちゃんが言うたんか」

「へぇ」

清兵衛は再び天井を仰いだ。

並木屋の言葉が頭に蘇《よみがえ》ってくる。

「ええか、清兵衛、よう覚えとけよ。借金はすることもあるやろ。そやけどな、返す時には、ええ格好はなしや。ええ格好して、払いもできん額や日付を約束するのがおる。大馬鹿や。ええ格好して、店潰《つぶ》すの早めてどないすんねん。しぶてこく、持たせるのが商売やで」

　その言葉をじっと頭の中で反芻《はんすう》していた清兵衛はもう一度大きく息を吐くと、徳次郎を見た。

「で、徳次郎さん、聞きますが、もし俺が帰ってこんかったら、どうするつもりやったんですか」

「それは、残っている縮緬を全部どっかに流したら、今月の払いくらいは何とかなると」

「阿呆なこと言うたらあかん」

　清兵衛は思わず声を荒らげていた。徳次郎が肩を落としてまた泣き始めた。清兵衛は思わず謝ってしまう。

「ああ、すんまへん、声が大きなってもうた」

　清兵衛は申し訳なさそうな顔をした。

「徳次郎さん、ずっとあんたひとりに苦労さしてきたんやな。親父の代わりに謝ります」

清兵衛は徳次郎に頭を下げた。

「そんな、若」

「心配ない。俺が何とかしますよって」

清兵衛は微笑みかけた。

三、

翌朝、清兵衛はみなをいつものように集めると、声を張り上げて、説教を始めた。

「ええか。もう一遍言うで」

清兵衛は手元の書き付けを見ながら、言い始めた。

「一、朝は明け六つ前に支度をしておく。一、三度の飯は店で食べること。店が開いている時、主人が許した以外は外での飯は禁ずる。一、客を待たせるようなことはしないこと。一、仕事はお互いに代わり合ってやること。一、店が暇だからと言って、くっちゃべったり、どこぞへ行ったりしないこと。一、店が終わった後も、外へ行く時は主人の許しを得ること。一、掃除はみながやること。目の前の塵《ちり》はみなで掃除する」

長々と清兵衛が読み上げていくうちに、みなの顔が引きつっていった。

「分かってくれたな」

読み終えた清兵衛が言うと、まずお絹が手を挙げた。

「それ、あたし、関わりないんやろ」

「何でや」

「そやかて、あたし、ここの奉公人ちゃうで」

お絹の切れ長の目がいよいよ鋭くなっている。清兵衛の声がいきなり大きくなった。

「そうか、お絹、お前、どこぞの大店のいとはんのつもりか」

清兵衛はお絹の前に出た。

「ええか、冗談は顔だけにしとけよ。うちの店はな、えらいことになってるんや。みなが一生懸命やらんと、生きていけんのや」

「あっ、何、それ……顔は関わりないやん……」

「そんなこと分かってるわ。この店に置いて貰《もら》いたかったら、言うこと聞け言うてる」

清兵衛はいつになく腹立ちが抑えられない。

「お父ちゃん……」

泣き出しそうな声で、お絹が左之助の方に助けを求めた。

左之助は清兵衛を見る。

「清兵衛、お前、何、偉そうに言うてるんや。お絹は妹やないけ。他人とちゃうんや。ちっとは、可愛がったらんかい」

清兵衛は左之助をにらんだ。

「妹やから、ここで一緒に住んでるんやろ。他人やったらそんなことせんわ」

「そら、まあ、そうやな」

「身内やから、ちょっとは助けてくれ言うてる。それだけや」

清兵衛はそこで左之助の顔を見た。

「で、それはもちろん、お父ちゃんもやで。今の決まり、守って貰わんと」

「な、何やて、わいも入ってるんか」

「当たり前やろ。妹も父親も入ってる」

「わいは別にかまへんやろ」

「あ、そうやな。お父ちゃん、働かへんから、ええわ……とでも言うと思うか」

「親に向かってその口の利き方はなんや」

「ほな、こんな厳しいことになったのは、誰のせいや」

「だ、誰のせいって……そんなもん……」

左之助の声が小さくなる。

「わいのせいや」

「なんや、分かってるんや」

清兵衛は呆《あき》れ顔になる。左之助は黙り込んだ。

清兵衛はもう一度みなを見た。

「ほなら、今日から、その決まり守って、しっかり頼みます。はい、今日も始めまひょ」

みなが立ち上がった。お絹が悲しそうな顔で奥に行くのが見えた。

「若」

後ろから徳次郎が清兵衛に声を掛ける。

「早速、行きましょうか」

「そうですな」

「おーい、政八」

徳次郎は政八を呼んだ。

「何でしょうか」

「あのな、今から、旦那《だんな》様と一緒に出かけるよって、お前、しゃんと店を見とけよ」

「は、はあ。で、何時頃、お帰りで」

「そやな。大方、夕方になるかもしれん」

徳次郎の言葉に政八は頷《うなず》いた。


「さてと、まずはどこへ行きますか」

大道筋に出て、ふたりの足は北に向いた。特段、行く当てがあるわけでもない。ただ、どこへ金策に行くのか、店の中で話すのを避けただけだ。

この湯屋町の通りは、右も左も生糸や絹織物、縮緬《ちりめん》など、茜屋と同業者が並んでいる。無論、清兵衛も全く知らぬ者達ではない。

「どやろ。同業者なら頼みやすいんとちゃうか」

清兵衛は目の前の生糸屋を見ながら言った。徳次郎が必死で首を振る。

「絶対、あきまへん」

「何でや。一番事情分かってくれそうやで」

「そやから、あかんのです。うちの実情知ったら、噂は広まって、ここぞとばかりに潰《つぶ》しに来るとこがあります」

徳次郎はそう言って頷いた。

清兵衛は更に北へと歩いて行く。さっきまでとは目に入るものが違ってくる。所々に普通の店とは比べものにならない、店というより屋敷と言った方がいい建物が見える。堺の名物、鉄砲鍛冶《かじ》だ。戦国の世に始まり、泰平の徳川の時代になっても堺は鉄砲を作り続けていた。

ある店先には、出刃、刺身、菜切、三徳、とずらりと包丁が並んでいる。鉄砲と並んで堺の特産のひとつであり、大坂、京はもちろん、遠くは江戸からわざわざ買いに来る者もいるほどだ。

「鉄砲鍛冶や刃物屋なら、繁盛してそうやし、金持ってそうやぞ」

清兵衛が言うと、徳次郎は眉《まゆ》をひそめた。

「あきまへん」

「何でや」

「もし返せん時どないしまんねん……鉄砲や包丁振り回されたら、叶《かな》いまへんがな」

清兵衛は立ち止まって、思わず声を出していた。

「んな、阿呆《あほ》な」

しかし徳次郎は真面目な顔で構わず歩いて行く。清兵衛は首を捻《ひね》ると、後に続いた。

「それで、どっか当てがあるんですか」

清兵衛が問うと、徳次郎は困ったような顔をした。

「そうですな。昨日言うたように、もう貸してくれるところものうて。下手に今借りてるとこに行ったら、やいのやいのと催促されそうですしな」

「そうか」

清兵衛は力なく首を振った。

だからと言って、二日前に堺に帰ってきたばかりの清兵衛に、金策の心当たりなどあるはずもない。それは、奉公していた大坂でも、変わりはない。奉公人として修行していただけだ。ただし、ひとりだけ、頼めそうな相手はいた。

――でも、並木屋さんに頼むわけにはいかない。

無理を言って奉公を途中で辞めて来た以上、迷惑をかけることはできない。

「天神《てんじん》さんに、お願いしましょか」

徳次郎がそう言ったので、清兵衛は驚いた。

「神社で金、借るんでっか」

「阿呆なこと言うたらあかん。なんぼ神さんでも、金は貸してくれまへん。貸してくれる相手が見つかるようにお願いするんです」

徳次郎は大道筋から一本右の通りに入った。一角分ある寺が見えてくる。常楽寺《じょうらくじ》だ。そしてその敷地内に天神様、すなわち菅原道真《すがわらのみちざね》公を祭った社があるのも知っていた。堺の町は大小路通で南北に分かれ、それぞれが堺北、堺南と呼ばれている。そして、この常楽寺内にある天神社は堺北の氏神様であった。従って、子どものころから、清兵衛も何かというと参ってきた。

「そう言や、前からずっと気になってたんやけどな、なんで寺の中に、天神さんがあんねやろ」

清兵衛が問うと、徳次郎が得意そうに話し出した。

「あれ、知りませんの。木像が流れ着いたんですわ。堺の浜に。それを常楽寺の坊さんが持って来て祀《まつ》ったんでっせ」

「木像って誰の」

「天神さんですがな。どこぞへ流された時に、そこで自分で彫って、海に仰山流したんですがな」

「それ、大宰府《だざいふ》やろ。えらい、遠いのに」

清兵衛は柏手《かしわで》をうつと、きちんとお参りした。

「金策の当てが見つかりますように」

清兵衛が心の中で言った言葉を、横で徳次郎が声を出して願っている。

「声出したら値打ちないような気がするんやけど」

「そんなことありますかいな。声にださんと神さんも聞こえませんから」

徳次郎は何度も同じ事を神前で願っていた。

天神社を出ると、そこにやはり一角分の建物がある。堺奉行所だ。大勢の人が忙《せわ》しそうに出入りしているが、やはり奉行所だけあって、堺の町では珍しい二本差しも結構いる。

「清兵衛やないか」

奉行所から出てきた羽織、袴《はかま》姿の男が声を掛けてきた。腰には十手を差しており、役人に間違い無い。そして、清兵衛は、饅頭《まんじゅう》のように膨らんだその顔と体をよく覚えていた。

「ああ、これは神南《じんなん》さん。お久しゅうございます」

「何や、堺から消えたと思って、せいせいしてたんやがな」

神南は十手を抜くと、ぽんぽんと己の肩を叩《たた》いた。

「それは、それは、残念でございましたね」

清兵衛はそれだけ言うと、先へ行こうとした。しかし神南がその巨体で前を塞《ふさ》いだ。

「で、何しに帰って来たんや」

「何しにって……ああ、そうでした。ご挨拶《あいさつ》が遅れまして。このたび茜屋の三代目をとりました。以降は茜屋清兵衛とお呼びくださいませ」

清兵衛がそう言うと、神南はしばらく唖然《あぜん》としたが、やがて大笑いし始めた。

「ははは、ははは」

いかにも人を小馬鹿にしたような笑いなので、清兵衛はむっとした。

「何がおかしいんです」

神南はまだ笑っている。

「ははは、そら、そうやろ。噂によると茜屋はもう長《なご》うないと聞いてるで。てっきり、そこから逃げ出して大坂に行ったと思ってたもんでな。その茜屋を継ぐちゅうんか」

「あきませんか」

「いや、あかんていうことはないけど」

神南が馬鹿にしたような目をした。

「無駄なことする奴もおるんやなと思うて。ははは あ」

神南が大声で笑った。清兵衛はもの凄《すご》い形相で、神南の前に出た。そして、いきなり拳《こぶし》を振り上げた。神南が思わず頭を両手で隠す。

「へへへ」

清兵衛はその振り上げた手で頭を掻《か》いた。神南の顔が真っ赤になる。

「お前」

「ほな、また」

清兵衛は構わずに、徳次郎と歩き出した。

「つぶれたら、報《しら》せいよ」

後ろから神南の声が飛んだ。

「やかましいわ」

いきなり清兵衛が振り向いて拳を握ると、神南が慌てて離れて行く。

「一月くらいはもたせいよ」

神南は悪態をつきながら見えなくなった。

「ド阿呆」

清兵衛も大きな声で言い返した。徳次郎が呆《あき》れている。

「あんなお役人様に、楯突《たて》いたらどんな仕返しがあるかもしれませんよ」

「ああ、あの神南はかまへんのです」

「そやけど、同心でっしゃろ」

清兵衛は微笑んだ。

「小さい頃、そう十年くらい前からの知り合いでね」

「ああ、なら、仲良しなんですな」

「ちゃう、ちゃう」

清兵衛は手を振った。

「十年前やから、俺が十一の時、向こうはもう二十くらいの同心見習いやった。それでな相国寺《しょうこくじ》の境内で剣術を教えてくれる人がおって、俺らみなと通とったんや」

「やっとうですか」

「そう、町人ばかりやったけどな。そしたら、さっきの神南が嬉《うれ》しそうにしゃしゃり出てきおってな。己も一緒にやりたいと言い出してきおって、俺が相手に選ばれた」

そこで清兵衛は思わず微笑んだ。

「そんで、やってみたら、こっちが一方的に勝ってな。三本勝負やのに、十本取って叩きのめしたちゅうことやねん」

「はあ、御武家さんをやっつけるやなんて、若は強いんですな」

「そうやと思うやろ。それが、ちゃうねん」

清兵衛は首を振った。

「あいつが、どえらく弱いねん。徳次郎さんでも勝てる」

「ほんまですか」

「間違い無い。今度やってみ」

「阿呆《あほ》なこと言わんといてください」

「いや、ほんまにやってみたら、分かるって」

「そないに弱いんですか」

「そうやねん。けど、懐かしいな。一緒にこの辺の友達とよう剣術しにいったな……あっ」

清兵衛がはっとなった。

「どないしました」

「金策相手がおるがな」

清兵衛は嬉しそうな声を出して、徳次郎の肩を叩いた。

「ああ、しんど」

清兵衛は店に戻ると、すぐに広間に上がった。徳次郎も同じように広間にへたりこんでいる。

「なかなか、金なんか貸してくれんわ」

外はすっかり暮れて、店も閉じられており、清兵衛と徳次郎も裏口から帰って来ていた。

「あ、お帰りなさいまし」

政八が出てきた。

「お疲れですやろ」

政八はその真面目そうな顔を、少しゆがませてふたりを心配した。

「これ、どうぞ」

お春が運んできた湯飲みを、政八が清兵衛と徳次郎に渡した。

「ああ、すまんな」

清兵衛は口をつけると、一息に飲んだ。

「で、首尾は」

「あかん、あかん」

徳次郎が首を振った。

「だんはんの知り合い当たったけど、甲斐《かい》無しや」

「そうでっか」

政八が残念そうな顔をした。しかし清兵衛は声をあげた。

「まだ、まだ」

その元気な声に政八は驚いたような顔を見せた。

「知り合いの家を回っていると、またその知り合いを思い出してきたからな。明日《あした》からも回るで」

清兵衛はそう言うと、徳次郎に言った。

「なあ、徳次郎さん」

「そうですな」

苦い顔の徳次郎はそこで政八を見た。

「ところで、政八。みなはどうやった」

「ああ、特に何もありません。みな、真面目にやってました」

「そら、何よりや」

徳次郎は嬉しそうに頷《うなず》いた。

その日は疲れもあって、清兵衛はすぐに床についた。そして翌朝も早くに起きると、徳次郎を連れて堺の知り合いの家を訪ねまわる。

清兵衛はこの三年間離れただけであり、あとはずっと堺に居たから、知り合いは相当いた。しかも商売人の息子、娘が大勢いたので、金策ができるのではという期待もどこかにあった。

しかし甘くはない。

「懐かしいな。三年ぶりか」

そんな言葉で迎えて貰《もら》い、奥の部屋に通されて、美味《うま》いものをご馳走《ちそう》になり、酒まで出してくれる所も多い。清兵衛が大坂の土産話を語り、相手が堺の最近の様子を教えてくれる。

そして相手は必ず最後に付け加えた。

「妹ができたんやてな」

清兵衛が苦笑いしていると、追い打ちが来る。

「店、大丈夫なんか。何や、悪い噂が飛び回ってるぞ。茜屋はもう終わりやって、もっぱらの噂や」

そこで大抵の友は気の毒そうな顔をした。

「まあ、あんまり相手にせんとき」

「せやな」

清兵衛がそう答えると、後は酒を長々と呑《の》んでお開きになるのが常だった。

「まったく、金の話なんかできんかった」

出てくるなり清兵衛は、腹立たしげに言った。

「それは、何とも……」

待ちくたびれたという顔の徳次郎が答える。

「とにかく、みな渋いわ」

清兵衛は道端に腰を下ろした。徳次郎も続く。

「堺は渋いですからね」

徳次郎はしみじみと言う。清兵衛は頷いた。

「でも、昔は、堺は日の本一の商売町やったと聞いてます。確か、戦国の頃」

「ええ、たしかに。それに比べたら、随分と寂れたようですな。わてが子どものころ、年寄りはよう言うてました。活力が無くなったのうって」

徳次郎は言いながら、清兵衛を見た。

「今は大店も小さい店もみな、金を貯め込んで、一切出さへんようになりくさったとは、よう聞きます」

「そうかー。なら、うちは大したもんやがな。そやかて、貯め込んだもの、ぜーんぶ吐きだして、みなに活力与えてたんやからな」

清兵衛が言うと、徳次郎が思わず吹き出した。

「ふ、ふあ、あはは」

「ははは」

清兵衛も同じように笑う。夕方の町に、ふたりの笑い声が響き渡った。

金策は清兵衛の友人を中心に、五日続いた。友人故に一度訪ねるとどうしても長くなることもあって、一日に数多くは訪問できなかったせいだ。そしてこの間、店のことは、番頭の政八に一切の仕切りを任せていた。徳次郎は帰る度に、政八に、その日のことを尋ねて、大福帳を確認し、朝出て行く時には、必ず、その日の大事なことを復唱させて、出て行った。

このようにして店をおいても、まず金策が大事と清兵衛は必死で回った。鉄砲、包丁はもちろん、他に堺で多い薬種問屋、白粉《おしろい》屋、画扇《がせん》屋など、相手も様々だったが、仲良く話はしても、最後の台詞《せりふ》はみな同じだった。

「すまん、今、ないねん」

結局金を引き出せるところは、一軒も見つからなかった。

「参ったな」

清兵衛は焦りを感じて、店に戻って広間でじっと考え込んでいた。

「わてはお先に」

さすがに疲れ果てたのか、徳次郎は先に部屋へ戻っていく。一緒にいた政八も奥へと行った。

「はー、疲れたな」

清兵衛は帳場の横で後ろの戸板にもたれかかった。この五日間のことが頭に浮かぶ。

——歓迎されているように見えて、実はみな相手にしたくないようや。畜生。いつか日の本一の商人《あきんど》になったるからな。

そんなことを思っていると無性に祖父と話したくなり、ひとりで仏間に入った。

仏壇の前に座り、両手を合わせて言葉を掛ける。

「おじいちゃん、おるか」

しばらくすると、先々代六右衛門の声が聞こえた。

「おるに決まってるがな。うん、どないしたんや、何かあるん」

「さすが、おじいちゃん、よう分かるな」

「当たり前やがな、お前のじいさんやで。で、どないしたん」

「色々あって」

「言うてみい」

「金策がうまいことといかへん」

「おお、ほんまか。そら、あかんな」

それ以上、声が聞こえない。

「おじいちゃん。聞いてるか」

「ああ、聞いてるで」

「どないしたら、ええんやろ」

「うーん」

六右衛門の声は再び途切れた。沈黙が流れていく。

「清兵衛」

ようやく六右衛門の声が聞こえた。

「それについては、おじいちゃん、言うことひとつだけや」

清兵衛は耳を澄ました。

「借りれるまで回ることっちゃ」

「えっ」

「あきらめたら、あかん、それだけや」

「何や、そんなことか」

「何や言うて、大事なことやぞ。借りれるまで回る。そしたら、うまくいく」

「そら、そうやけど……」

「昔から言うやろ。金は天下の回り物。あきらめんかったら、きっと回ってくる」

「そうやろか」

「そうや」

「ふーん」

しばらく清兵衛は黙っていた。

「おじいちゃん、おじいちゃん……おらんか」

清兵衛は小さく鐘を鳴らした。

「どないせい、言うねん」

清兵衛はため息をついた。

「どこもないんか」

朝一番に起こされた左之助が、さすがに厳しい顔をしている。

「色々回ったんやけどな。お父ちゃんのおかげで、みな断られるんや」

清兵衛が言うと、左之助は苦い顔になった。

「わいのせいって……徳次郎、どないや。ほんまに当てはないんか」

徳次郎が悲しそうに首を縦に振った。

「どないすんねん」

「他人事《ひとごと》みたいに言いなや」

左之助を清兵衛がたしなめた。しばらくすると、三人の手代や政八、それにお糸、お絹、お春、も出てきた。

「あたしは別にかまへんのちゃうん」

お絹がいつものごとく、文句を言った。清兵衛も今日は抑えが利かない。

「毎朝、同じこと言わすな。朝はみなが集まるんや」

「そやかて、あたし、何もすることあらへんし」

「阿呆《あほ》、それでも掃除するとか、関わりあることが仰山あるんや」

「それが、うっとうしいねん。覚えられん」

「何を言うてんねん……あっ、そうや、思い出した。お春に言われてたがな」

清兵衛はお春を見て頷《うなず》いた。

「お絹、お前、飯炊きをやれ」

「なんやの、それ」

「飯炊きや、知らんのか」

「知ってるけど、何であたしが」

「お春はな、お母ちゃんのことで、忙しいんや。代わりに炊いたってくれ」

「そんなもん、あたしでのうてもええやろ」

「さっき言うてたやろ、何もすることないって。そやから、やらせたるわ」

「な、なんや、それは……あたしは、ここの娘です」

「そやから、飯を炊く。他所《よそ》の子にそんなことさせられんやろ」

お絹の顔が真っ赤になった。

「何であたしやねん」

「うちの子やからや。身内として、何かせえ。飯の炊き方くらい知らんのか」

「阿呆言いな。ここに来るまでは、いつもあたしが飯炊いとったわ」

「ほなら、ええがな。よろしゅう頼む」

「あ、あのな……」

「やるんか、やらんのか。やらんのなら、飯食うなよ」

お絹が決然とした表情になった。

「分かった。ご飯炊いたら、ええんやろ。飯は三度炊きます。その代わり、それ以外はもう、文句言わんといて」

「よっしゃ、約束や。何も言わん。その代わり、飯は頼んだで」

お絹が怒ったような顔で頷いた。清兵衛は立ち上がった。

「それから、みな、聞いてくれ」

みなの目が清兵衛に向いた。

「他でもない。金策のことやが……」

左之助と徳次郎が顔をしかめた。

「……うまいこと行きそうや」

清兵衛の言葉に、今度は左之助と徳次郎の顔が呆然《ぼうぜん》となった。清兵衛は構わない。

「そやから、ちゃんと働いてくれよ」

清兵衛は頷いた。みなの顔が少し明るくなった。

「ほな、今日も始めまひょ」

清兵衛は何度か手を叩《たた》いた。

みなが散ってから、左之助が小声で清兵衛に尋ねた。

「金の当てができたんか」

「そんなもん、急にできるかい」

「そやかて、今、皆の前で言うたがな。うまいことといきそうやって」

「そう言わんと、みな不安やろ」

「ほな、でまかせか」

「しゃあないやろ。さっ、もう仕事や」

清兵衛は左之助を追い払うようにして店へと向かった。


「だんはん、自ら、掃除ですか」

いきなり背後から、声が掛かった。振り向くと、もう五十は越したと思え、一目で商売人と分かる男がいた。清兵衛は箒《ほうき》を持ちながら、一礼した。茜屋前の往来である。清兵衛は今朝は自ら、店前の掃除を行っていた。

「ありがとうございます。あの、もしよろしかったら、御名前など」

「三浦屋生右衛門《みうらやせいえもん》。この先の米市場の方で、両替商を営んでおります」

三浦屋はそう言うと、海の方を指した。

「実はな。わたし、最近、この道、ほとんど毎日通りますねん」

三浦屋は微笑んだ。

「うん、そんでな。気悪うせんといてや。ついこの間まで、この辺えらい汚のうてな。それがある日を境に、急に綺麗《きれい》になったんで、ちょっとびっくりしてたんや」

清兵衛は嬉《うれ》しくなった。三浦屋の言葉が続く。

「近所で聞いたら、息子に代替わりしたばかりやと。なるほど、それでと思い、今日通ったら、あんさんが掃除してたちゅうわけやがな」

「ああ、そうでしたか。たしかに跡取ったばかりの、三代目、茜屋清兵衛でございます。以後、よろしゅうにお願いいたします」

「そうか、三代目さんか。先代はどないしたん。死んだん」

「いえ、いえ、元気でございます」

清兵衛は慌てて手を振った。

「まあ、どこぞで仕込まれたんやろうけど、ええ心がけや。精々、精進しなはれや」

「はい、ありがとうございます」

清兵衛は腰を深く折った。三浦屋は歩いて行く。

「あ、あの」

清兵衛は声を掛けていた。

「何ですか」

「あの、両替商と伺いましたが」

「そうですが」

「大変、ぶしつけな物言いですが……」

そこで清兵衛は一旦《いったん》ぴんと背を伸ばすと、体を深々と折り曲げた。

「お願いがございます。お金を貸していただけないでしょうか」

三浦屋はきょとんとしている。清兵衛は顔を上げた。

「いきなり不躾《ぶしつけ》な物言いかも知れませんが、何卒《なにとぞ》お願いいたします」

清兵衛は再び腰を折った。三浦屋はようやく笑みを取り戻した。

「わしもこの商売長いけど、往来のど真ん中で金貸してくれ言われたんは初めてや」

「ああ、これは失礼いたしました。どうぞ中へ」

清兵衛は慌てて三浦屋を中に招きいれた。

「どうぞ上がってくださいませ」

「ああ、ここで構わん」

三浦屋は框《かまち》に腰掛けた。

「それで、早速やが、いかほど欲しいんや」

「そうですな。まあ、銀、二十貫、いや、三十貫ほどあれば、ありがたいのですが」

三浦屋はにやっとした。

「また、えらい大人しい借金やな」

「大人しい、ですか」

「このくらいのお店やったら、そんな小さい金で動かんと思うんやけどな」

「そ、そうですが、その、いきなり、道で声を掛けたものですし」

「なるほど、それで遠慮したと。ほな、本音はどのへんでっか」

清兵衛はあえて大きな数字を答えた。

「百貫あれば、ええなと思うてました」

「何に使いはるん」

清兵衛はここは勝負だと思った。

「少し前に来てくれますか」

三浦屋が近づいた。清兵衛は声を落とす。

「このたび、少し大きな取引をしてみたくなりましてな。ただ、まだ内密ですので、他言は無用でっせ」

三浦屋が頷《うなず》いた。

「新しい仕入れ先から、目の玉の飛び出るような値段の縮緬《ちりめん》を買い付ける予定です。で、それを大名や金持ちに売ろうと思いましてな。もっと、もっと目の玉が弾《はじ》き出るような値付けで」

「なるほど、勝負でんな」

「そのとおりです。内密に進めて、一気に大売り出しするつもりです」

清兵衛はもう一度頭を下げた。

「どないかなりまへんか」

しばらく三浦屋は黙っていたが、やがて口を開いた。

「五十貫で良かったら、貸しまひょ」

「ほんまですか」

清兵衛は嬉しさのあまり、目を回しそうになった。

「二言はない」

三浦屋のにこやかな顔が急に鋭くなった。

「ただし、条件がおま。何か担保をいれて貰《もら》おうやないか」

清兵衛は愕然《がくぜん》とした。そんな物があれば苦労はしない。

「入れられまっか」

三浦屋の目が鋭くなった。清兵衛はしばらくして、頷いた。

「分かりました。仰せのとおり、いたしますけど、ただ、どんな物で、どれくらいに査定して貰えるものがええのでしょうか」

三浦屋が笑みを浮かべた。

「なかなか、鋭いですな。なるほど、確かにそうやな。物は持ち運べる物なら何でもええとしますか。それで、値は、五十貫は欲しいですな」

「それでは、その物を売って金に代えたらええと言うことになりますが」

「それが、金を貸すちゅうことや」

「なるほど、でも、もうちょっと何とか」

「なりまへんな」

清兵衛は苦笑した。

「分かりました。五十貫の値打ちのあるものですな」

「そうです」

「三日後に返事いたします」

「さよか。ほな。また三日後に声かけましょう」

三浦屋はそう言って、出て行った。遠くで見ていた徳次郎が近寄ってくる。

「話は聞いてました。そやけど、五十貫もする物など、おません」

「そうですよね」

清兵衛は苦しそうに頷いた。

二章　商いへの道

一、

「ほな、今日も気張ってや」

清兵衛がぽんぽんと手を叩《たた》くと、朝の集まりは終わって、それぞれが持ち場へと向かっていく。清兵衛が来てから半月が過ぎて、さすがに来たばかりの時とは違い、みなの動きも早くなった。

清兵衛はいつものようにまず表へと向かった。雲ひとつない東の空に、日が上がって来ている。すでに健吉が大道筋に出て掃き掃除をしており、その影が長く伸びていた。

「なんや、えらい仰山、落ち葉があるなあ」

清兵衛が声を掛けると、健吉は頷いた。

「へぇ、昨日の晩は、えらい風がでてましたよって」

健吉は箒《ほうき》を動かし続けている。清兵衛は少し満足げな表情を浮かべると、暖簾《のれん》に手を掛けた。臙脂《えんじ》色《いろ》の布に「茜」の白文字が浮かんでいる。

「よっしゃ、今日もよろしゅう頼みます」

清兵衛は暖簾に一礼すると、もう一度往来を見遣《みや》った。いつものように、早朝から行き交う人は多く、そのほとんどは商売人かその奉公人であり、みな急ぎ足だ。清兵衛の顔を朝日が照らしだした。その眼前で健吉が丁寧に掃いていく。

「ええぞ、健吉。その調子や」

「へぇ」

健吉は嬉《うれ》しそうにぺこっと頭を下げると、再び箒を使い始めた。清兵衛も思わず笑みをこぼした。

「さてと……」

暖簾をくぐろうとした時、背後から声がした。

「茜屋はん」

清兵衛がはっと道の方を振り向くと、朝日を背にして立つ男の口が動いた。

「何、ニヤニヤしてるんや。なんぞええことあったんかい」

「三浦屋さん」

清兵衛はペコッと頭を下げた。

「いや、朝も早《はよ》うから、ニコニコしてはるから……何ぞ、ええことあったんかいな」

「いや、まあ、その……」

清兵衛はしどろもどろになった。

「さては、もっとええ、金借るあてができたとか」

「いや、いや、いや、そんなことおますかいな。三浦屋さんだけが頼りでして」

「ほなら、担保の方は」

「はあ、お返事は約束どおり明日《あした》までには……」

「ここは人が通るさかいな」

三浦屋はそう言って、道端へ清兵衛を連れて行くとその顔を見た。

「なかなか、おまへんか」

「はっ、何のことでっか」

清兵衛がぽかんとすると、三浦屋は顔をしかめる。

「担保のことでんがな、他に何があんねん」

「ああ、まあ、その……」

清兵衛が言葉に詰まると、三浦屋は黄ばんだ歯を見せて、狡猾《こうかつ》そうな目を向けた。

「こういうんは、失礼やし、禁じ手やとは思うんやがな……」

三浦屋の声が段々と低くなる。

「あんさんは、まだ跡取ったばかりやから、知らんかもしれんが、先代は知ってるはずや」

三浦屋は清兵衛を更に少し横に引っ張って行った。

「ある物を担保に入れてくれたら、五十と言わず、百貫でも貸しまひょ」

三浦屋の目が更に細くなった。

「何遍も言いますけど、決してこっちから、欲しいというてるわけやあらへんのでっせ。あくまで、もし迷うてはるんなら、気の毒やと思うての助け船ですさかいな」

清兵衛にはまったく話が見えない。

「あの、一体、何の話ですの」

清兵衛がそう問い返すと、三浦屋は、再び黄ばんだ歯を見せて、ニタッと笑った。

「若月《わかつき》と言うのは何ですか」

昼前で手空きになったのを見計らって、清兵衛は徳次郎に声を掛けた。他の奉公人も奥で昼餉《ひるげ》を取っており、清兵衛と徳次郎ふたりだけが帳場の前にいる。

いきなりの清兵衛の言葉に徳次郎は驚いたように息をのんだ。清兵衛は徳次郎の顔を見つめる。徳次郎の眉間《みけん》に皺《しわ》が寄った。

「誰に聞いたんです。まさか、旦那《だんな》……いや、先代でっしゃろか」

「ちゃいます」

「ほな、一体……」

「三浦屋さんとさっきばったり出くわしました。で、担保の話になった時、言いはった。若月が担保なら百貫貸すと」

清兵衛がそう言うと、徳次郎は苦々しい顔になった。

「やっぱりでっか。本性をあらわしおりましたな」

「どういうこっちゃ」

「どうも、こうも、話がうますぎると思うてましたわ。たまたま、通りかかって向こうから声を掛けてきて、それで頼んだら、金を回したろなんて、あるわけない」

「そやけど、実際そうやったんやから」

徳次郎は大きく首を振ると、清兵衛の前に詰め寄って、珍しく胡座《あぐら》をかいた。

「若、あの三浦屋いうんは金貸しです」

「言われんでも、分かってるがな。そやから、借金を頼もうとしてやな……」

「いーや、分かってへん」

徳次郎の目が鋭くなる。

「何の為に金貸すか分かってまっか」

「そら、金を貸して、その代わりに利を乗せて返してもらう為やろ」

徳次郎は再び首を振る。

「それは他所《よそ》さんのこと。この茜屋に対しては、そんな気はさらさらないはずですわ……」

徳次郎の声が裏返り、顔が赤くなってくる。

「……大体、あの親父は前からいけ好かんかったんですわ……あいつの店がどこにあるか知ってまっか」

「たしか米市場の方や言うてたけど」

「そうですわ。海の目の前でしてね。イキ丁とシナノ丁に挟まれた所にありましてな。生きと死の間にあるおとろしい店やて言うてますわ」

「そんなこと言うたら、あかんがな」

「いいえ、かまへんのです。ええですか、三浦屋は、端《はな》から若月を狙ってきとんですわ」

「狙うって……そんな名の通ったもんなんか」

徳次郎は大きく頷《うなず》いた。

「先々代がその昔、大金で譲り受けた壺《つぼ》ですわ」

「なんぼすんねん」

「軽く一万貫は超えるとか」

「ええっ……ほんまか」

清兵衛は思わず叫んでいた。

「ほんまやから、この茜屋はいまだにこうやって持ってるんです。何やかんや言うても、あの若月を持っている家や、邪険にはできへん、そう思うてくれてる堺の衆は多いんでっせ」

「誰も金は貸してくれんかったけどな」

「まあ、それはそうですが……どっちゃにしても、あの親父、狙いを定めてきおった。ほんまに、腹立つっ」

徳次郎は真っ赤な顔で怒鳴った。

「そんな話に乗ったらあきません」

徳次郎の怒りはおさまらない。

「あんなもんの口車に乗って、折角の家宝を取られるわけにはいきません」

「しかし、金はどうするんや。その若月を売って作るか」

「何、言うてますねん。わての話聞いてましたか。あれは家宝なんです。どんなに金を積まれても、売る物やありません」

「ほな、金策はどうすんねん」

「いや、それを言われると……」

徳次郎は黙ってしまう。

「それに無くなってしまうんやない。担保に出すだけやからな」

「そやから、そう思ってると、何時の間にか取られてる、あいつらのやり口です」

「取られんように、借りた金を元手に商いを伸ばすしかあらへん」

「でも、若月はそんなことに使うもんちゃいます……」

徳次郎がそこまで言った時、奥から足音が響いた。真っ赤な手絡を巻き付けた奴《やっこ》島田《しまだ》と呼ばれる髷《まげ》を結って、格子模様の他所行きの着物でお絹が出てきたのだ。清兵衛と徳次郎が目を向けるが、お絹は構わずに、出て行こうとする。

「どこ行くんや」

清兵衛が声を掛けると、信玄袋《しんげん》を振り回しながら、お絹は目を向けた。

「ちょっと」

「遅うなるんか」

「さあ」

お絹は下駄《げた》を履いた。

「おい、晩飯炊きがあるんや。分かってるな……」

「今日はあらへん」

お絹が暖簾《のれん》をくぐろうとする。

「待て」

清兵衛は声を荒らげた。

「飯炊きだけはちゃんとするって言うたやろ」

「言うたよ」

「ほな、ちゃんとやらんか」

清兵衛は立ちあがって、上がり框《がまち》に立った。お絹が切れ長の目を吊《つ》り上げて清兵衛をにらむ。

「兄はん、今晩はできへん」

「何やと」

清兵衛の声が大きくなる。

「若、店先でっせ」

徳次郎が注意する。清兵衛は口を押さえたが、すぐに言葉を続ける。

「おどれの用事で出かけるのはかまへん……」

清兵衛はお絹の顔をにらんだ。

「……そやけど、晩飯はみなが食べるんやぞ」

「そんなこと、分かってるわ」

「それやったら、夕方までに帰って来て飯炊かんかい。そうせんと、この家には置いとけんぞ」

お絹がその高い鼻をつんと上に向けた。

「そやから、できへんのやって」

「そうか、できへんかったら、出て行って……」

「二言目には出て行け、出て行けって、あのなあ、炊きとうても、炊かれへんねん……ああ、兄はん、飯炊いたことないんやろ。炊き方、教えたるわ」

お絹は意地の悪そうな笑みを浮かべた。

「あのな、飯炊くのにはお釜《かま》と竈《かまど》がいるねん。それにお水……あと、何やと思う」

清兵衛が叫んだ。

「米に決まってるやろ」

「ああ、知ってんねや」

「おい、あんまり、ちょけとったら……」

清兵衛が前に出た時、お絹も清兵衛の方へ向かってきた。ふたりの顔が近づく。

「そこまで知ってたら、分かるやろ。お米や」

「米がどないしてん」

「無いねん」

「無いって……米が……」

「一粒もあらへん」

「ほんまか」

「嘘言うてどうすんねん」

お絹は清兵衛をにらんだ。清兵衛は徳次郎を見る。

「どういうこっちゃ」

「いや、ちゃんと届けてくれるように言うて……」

徳次郎がはっと気づいたような顔をした。

「まさか……」

徳次郎は帳場へ飛んで行く。そしてしばらく必死で大福帳を捲《めく》っていたが、いきなり外へ飛び出した。

「徳次郎さん……」

清兵衛が声を掛けるが、もう徳次郎はいない。

「何があってん」

清兵衛がお絹を見た。

「知らんわ」

お絹がまた信玄袋を振り回し始めた。

「まあ、そやから、あたしはゆっくりしてくるわ」

「ちょっと、待て。徳次郎さんが帰ってくるまで」

「はあ」

お絹は不満そうに上がり框に腰を下ろした。すると暖簾が上がって、母娘《おやこ》とみえるふたりが入って来た。

「いらっしゃいまし」

清兵衛は慌てて、頭を下げると、お絹に立てと手の平で指示した。お絹が仕方なさそうに立ちあがる。

「これは、これは」

手代も番頭もおらず、清兵衛は母娘に近づいた。

「今日は、どのような物を……」

お絹はそっと入口から出て行こうとした。

「ああいうのが、欲しい」

客の娘がお絹を指した。お絹は瞬間に凍りついたようになる。清兵衛はにこにこしながら、土間へ下りた。お絹が足を動かそうとすると、清兵衛はその腕をつかむ。

「何すん……」

お絹が言い掛けた時、清兵衛が指を口の前に立てて、首を振った。お絹は仕方なさそうに、片腕を少し挙げたまま、じっとしている。

「これでっか」

清兵衛が言うと、客の娘は笑みをこぼして、近づいてくる。

「その格子の模様綺麗《きれい》やわ」

お絹が腕を下ろそうとした途端、清兵衛がぱしっとその腕を叩《たた》いた。にらんだお絹に対して、清兵衛が首を振ってささやく。

「売れたら、小遣いやる」

途端にお絹はまるで人形のように固まった。

「やあ、これ、ほんまええわ」

娘が言うと、母親も近づいて来た。

「ええ色やね」

――まだ新しいな。

清兵衛はお絹の着物を見ながら思っていた。他所《よそ》行きの着物だけあって、生地も仕立てもいい。それにこの格子柄は今の流行《はやり》である。恐らく、最近来たお絹の為に左之助が作ってやったのだろう。倒れかけとはいえ茜屋は生地を売る店《たな》である。その旦那《だんな》が娘の為に着物を作るなら、真っ新《さら》な生地を選んだはずだ。

――特にええ格好《かっこ》しいのあのお父ちゃんやったら、まず間違い無い。ということは、生地はまだ残ってるな。

清兵衛は母親を見た。

「どうですか」

「綺麗な～、それに可愛らしし娘さんで、よう似合ってはるわ」

母親が言うと、仏頂面だったお絹が笑みをこぼした。

「あ、ありがとうございます」

体は止めたまま、お絹が言う。

「うちの妹でんねん。で、どうでっしゃろ」

清兵衛は娘を見た。娘は止めたままのお絹の袖《そで》を、撫《な》でている。

「うわ〜、これ、ええな」

娘は何度も袖を触る。お絹の顔が再びむっとした。清兵衛が首を振る。お絹が無理矢理に笑みを作った。

「とうはん、どうです。ええ生地でっしゃろ」

「うん。これ、ええわ」

娘が言うと、母親が微笑んだ。

「ほんまやな」

今度は母親が娘とは反対側の袖を触り始めた。お絹はじっと黙ったまま、立っている。

「ええな」

「ほんまに」

ふたりの会話を聞きながら、清兵衛が近づいた。

「どうです。今やったら……」

「おお、待ったか」

清兵衛の声を遮るようにして、背後から男の声がした。暖簾《のれん》を片手で上げたまま、中年の男が微笑んでいる。

「ああ、あんた」

「お父ちゃん」

母娘は嬉《うれ》しそうにする。

「ああ、これは、これは……」

清兵衛が揉《も》み手をしながら近づくと、男は会釈した。

「ああ、すんませんでしたな」

「いえいえ」

「ほな、行こか」

「はい」

言うなり、男と一緒に、母娘は暖簾をくぐって出て行く。清兵衛は啞然《あぜん》としている。固まったままのお絹が横目で清兵衛を見た。

「兄はん、動いてもええか」

「あ、ああ、ええで」

「あー、しんどかった」

お絹は大声で言うと、清兵衛を見た。

「あたしのこと、何やと思うてんの」

「いや、その……ははは……まあ、商売なんてもんは水物で……」

しばらく腕を揉んでいたお絹は右手の平を出した。

「何や」

「お小遣い」

「阿呆《あほ》、売れてないやんけ」

「それは、あんたがしっかりせんからやろ」

「しっかりって、親父待ってるだけの冷やかしや。どないもならん」

「それを見分けるんが商売ちゃうん」

「そんなもん、どやって見分けんねん」

清兵衛の声が大きくなる。

「大体、お前も、自慢気に着物見せびらかしとったやないか」

「やれ言うたんは、兄はんやろ」

お絹の目が冷たくなった。

「買う気のある客相手にせなあかんで」

「お前に言われる筋合いはないわい」

「あたしは端《はな》から分かってた」

「嘘つけ、ええ加減なこと言うなよ」

清兵衛の言葉に、お絹はため息をついた。

「そんなんでよう主人がつとまるわ」

「何やと……」

清兵衛の声に、お絹は怯《ひる》まない。

「教えといたるわ、まずあの母娘、あたしの袖ずっと触ってたやろ。あんな人は、まず買わへんねん」

「何でや」

「ほんまに買いたい人が、他人が着てるもん、指さすか」

「そら、そういう時もあるやろ」

「ないわ。もしほんまに同じもんが欲しいんやったら、生地があるか無いか最初に尋ねるわ。無かったら、無駄やから。あんな風にずーっと着物触わるわけあらへん」

清兵衛は黙るしかない。お絹の声が続く。

「それに、何か最初から調子がええし」

「それがあかんのか」

「あかんとは言わへんけど……うちらな、店冷やかすだけの時、やたら、しゃべるんやで。なんか黙っとたら、あかんと思うてまうねん」

お絹の顔に笑みが浮かんだ。

「そんなことも知らんのや」

「やかましいわ」

言い返したが、着物屋を冷やかしてみたことなど一度も無かった。

――こいつの言うとおりかもな。

清兵衛が殊勝な顔をしていると、お絹が手の平を再び出す。

「まあ、そんなわけで、ここは小遣いやろ」

清兵衛は仕方なさそうに頷《うなず》いた。お絹の顔にとびきりの笑みが浮かんだ。

「うわっ、くれるん」

「まあ、色々と教えてもろたし……」

清兵衛は懐を探った。お絹の顔が輝いている。清兵衛は握った手を出すと、ぱっと開いた。

「ほれ、これでええやろ」

手の平には、油紙に捲《ま》かれた飴玉《あめだま》が載っている。

「平野《ひらの》飴言うんや」

お絹の顔が凍りついた。清兵衛はにやにやしている。

「その辺の安物とちゃうで。大坂の平野名物でな。旨《うま》い、旨い、言うてみな仰山、買いに来おる。奉公してた時に俺もようけ買《こ》うといたんや」

お絹の目が鋭くなる。清兵衛は構わない。

「なんちゅう顔しててんねん。太閤《たいこう》さんも食べた飴や」

「いつか、しばいたんねん」

お絹はそう言うと、すたすたと出て行こうとした。

「ああ、すんまへん」

そこへちょうど徳次郎が入って来た。お絹とぶつかりそうになったのを、危うく避《よ》けて入ってくる。

「若、すんません」

徳次郎は土間に立ったまま、清兵衛に頭を下げた。

「米屋に行って来ました。米八《こめはち》いう店《たな》なんですが、払いが滞ってると……」

「払《はろ》うてないんか」

「いや、米だけは大事なもんですから。さすがに……」

「ほな、何で米が届いてないんや」

徳次郎がうつむいた。

「徳次郎さん、黙ってたら分からへん」

清兵衛が問いただす。出て行こうとしていたお絹までが近づいて来た。徳次郎が顔を上げた。

「それが、その……」

徳次郎は思い詰めたような顔で口を開いた。

二、

「夜にうどん、いうんも悪ないな」

左之助はそう言いながら、うどんを啜《すす》っている。

「それにしても、素うどんちゅうのは、また芸のないこっちゃ。ちょっと、葱《ねぎ》でも刻んでくれたらな……」

文句を言いながら、左之助はどんどん食べていく。横に座った清兵衛も、丼《どんぶり》を抱えて黙々と食べていた。

「そんで、みな、今晩はうどんかいな」

清兵衛は頷いた。

「奉公人も、お母ちゃんも、お絹も、みな、そうや」

「それは、それは、たまにこういうのは喜ぶで……そやけど、今も言うたように素うどんだけでは、若い者《もん》は持たんで。もう、ちょっと何か他につけたらんと」

「そんなもん、無理や」

「どうして」

左之助が尋ねても清兵衛は黙ってうどんを啜っている。左之助は首を傾げると、再び尋ねた。

「何でわいらだけ、ここで食べてるんや」

左之助は座っている帳場を見回した。

「さっきも言うたろ。大事な話があるって」

左之助は一気にかき込むと、丼を突き出した。

「お代わり」

清兵衛は見もしない。左之助は声を張った。

「おい、もう一杯くれるか」

清兵衛はそこで初めて、顔を上げた。

「よう、そんなこと言えるな」

「うどん一杯頼んだくらいで、やいやい言うなよ」

「うどん一杯くらいやと……この家にはな、うどんどころか、米一粒ないんじゃ」

左之助がゆっくりと丼を下ろす。

「な、何やて」

「米櫃《こめびつ》が空っぽになった」

「阿呆《あほ》やな。はよ、米八に言わんかい」

「そうやな。はよ、言わなあかんな。また、お父ちゃん、行ってくれるか」

「ああ、かまへん。金は」

「前、渡したのがあるやろ。払いに行く言うて渡した金が」

「な、何を言うねん。あれは、払いに使《つこ》うたがな……」

「どこの払いや。徳次郎さんが確かめたら、米屋の払いは済んでなかったそうや」

清兵衛も丼を置いた。

「あの金はどこ行ったんや」

「どこって、そら、あれや……」

左之助が一瞬言葉に詰まった。

「……そやから、払いに行く途中でな、久助《きゅうすけ》に会《お》うてな。知ってるやろ、甲斐町《かいのちょう》の煮売り屋の久助、あいつから言われたんや、そろそろ住吉《すみよし》さんの祭やなって」

甲斐町は大小路通を挟んで、南に二つめの町である。久助の営む煮売り屋は、堺浜の漁師と仲が良くて、いつも活《い》きの良い魚があるのと、昼から酒を呑《の》ませるので人気があった。無論、左之助も入り浸っている。

「祭の用意に金がかかる。お前、つまり、わいや、金出してくれ言われてな。今年は鯨踊りもやるとか言うて、他のことならともかく、住吉さんの祭に金を出し渋ったなんてことが聞こえてみい。もう二度と堺の町は歩けんやろ」

「ほな、歩くなや」

清兵衛の言葉に、左之助は何も言えず、傍らにあった煙草盆を引き寄せると、煙管《キセル》をくわえた。

「あのな、何やその言い草は。茜屋の暖簾《のれん》のこと思うてやな……」

「お父ちゃん、暖簾も大事やけどな、飯はもっと大事なんや」

「そやから、すぐに米屋に行って払うてきたらええやろ。そんなことも、できんのかいな」

「できんのや」

「何でやねん。米屋は久助の店の三軒向こうやないか、すぐに……」

清兵衛がじっとにらんでいるので、左之助は言葉を一度止めた。

「……まさか……」

「その、まさかや」

「米代もないんか……」

清兵衛は頷《うなず》くと、左之助をにらみつけた。

「お父ちゃんが払いに行かんかったから、とうとう向こうも堪忍袋の緒が切れたらしい。さっき、徳次郎さんに聞いたら、大方、半年分つけが、たまってるらしい」

「何や、たったそれだけかい」

左之助は啖呵《たんか》を切る。

「ええか、掛けは一年分を大晦日《おおみそか》に払うもんや。半年なんかためたうちに入るかい」

「そやな、きちんと大晦日ごとに払うてきた家はそうや。けど、うちはこ

「の間の大晦日に全部が払えんで、半年分だけ払うてあとは半年ごとに持って行く話になってた」

「そ、そ、そうなんか……」

さすがに左之助の顔が青ざめた。しかし清兵衛は容赦ない。

「何を惚《ぼ》けてんねん。前から徳次郎さんから聞いてたやろ。そやから、今回はきちんと主人が届けて、遅れていることを謝ってきて下さいと言われたはずや」

左之助は横を向くと、煙管をくわえた。清兵衛の言葉は続く。

「もう一月も待てませんやて」

左之助は煙管を口から外した。

「米八も殺生なやっちゃな。たかが一月遅れたくらいで、よし、わいが行って来たる。言うこと聞かなんだら、どついてでも米貰《もろ》うてくる」

左之助は勢いよく立ちあがった。しかし清兵衛の目は冷たい。

「そんなこと言うて、またどっかの呑み屋へ逃げるんやろ」

「な、何を言うてんねん……そんなこと……」

図星をつかれて、左之助は黙り込んでしまった。

「やること、分かりやす過ぎんねん」

「で、うどんはどないしてん」

「たまたまちょっと前に隣でうった分を、お母ちゃんが、お裾《すそ》分けしてもろてたんや」

「ほう、運がええな」

「それも今晩だけ。みなで食べたら、もう残らへん」

「ほな、明日《あした》から、飯はどないすんねん」

さすがに左之助の顔色が変わった。

「そのことで、話があんねん」

清兵衛は足を崩して胡座《あぐら》を組むと、奥へ声を掛けた。

「徳次郎さん」

恐らく傍に居たのか、徳次郎はすぐに出てきて左之助と清兵衛の前に座った。清兵衛は左之助を見据える。

「今、言うたように、今日のおまんまにも困るようになったんや。でな、お父ちゃん、金策せなあかん」

左之助が煙管に煙草を詰めながら返す。

「米代か」

「そんな小さいこっちゃない。米も大事やけど、茜屋の身上がもっと大事や」

「そら、そうや、商売が上手《うま》いこと行ったら、米代なんかに困らへんわ」

「珍しく、お父ちゃん、ええこと言うた」

「珍しくが余計や」

左之助はそう言うと、ぷかりと煙草を吹かせた。清兵衛は煙を手で払うと、言葉を継いだ。

「で、金策のためにな……」

清兵衛は少し間を置く。

「……若月が必要なんや」

「ごほっ、ごほ」

左之助が煙管をくわえたまま、むせる。

「器用なことするなー」

「わ、若月って、ごほっ、ごほっ、あの若月か」

「そうや、あの若月や」

清兵衛が深く頷く。

「三浦屋さんいう金貸し知ってるやろ。あの人がうちに金を貸してくれる……」

清兵衛が左之助の前ににじり寄る。

「……若月を担保に入れたら」

左之助はまだ煙管をくわえたままだ。

「他はどこ当たっても、一文も金なんか貸してくれへん。三浦屋さんしかない」

清兵衛がそう言うと、左之助の口からぽろっと煙管が落ちた。慌てて徳次郎が煙管を拾い上げて、煙草盆に載せた。幸い畳は無事だが、清兵衛も左之助もまるで気にしていない。

「なんぼ貸すいうねん」

左之助がかすれ声で尋ねた。

「百貫」

「阿呆《あほ》言え」

左之助が珍しく本気の声で一喝した。徳次郎が横から口を出す。

「そうでっしゃろ。安う見るのも大概にせえですわ」

しかし左之助の口からは意外な言葉が出た。

「ちゃう、ちゃう、反対や。あんなもん、百貫の値打ちなんかあるかい」

左之助が大きく首を振る。徳次郎が顔色をなくした。

「そやかて、旦《だん》はんが言うてたでしょう。昔、先代が一万貫で譲って貰うたとか」

「わい、そんなこと言うたか」

「へぇ、あの、有名な……ほれ……な、なや……」

「納屋助左衛門《なやすけざえもん》のことか」

「ああ、それです。若月はルソン壺《つぼ》でしたな」

徳次郎が嬉《うれ》しそうに声を挙げた。さすがに清兵衛もルソン壺は知っている。

豊臣秀吉《ひでよし》が天下を握っていた頃、ルソンから納屋助左衛門が持ち帰った壺が、当時、権勢を誇っていた同じく堺の大茶人千利休《せんのりきゅう》の目利きで、どえらい価値がついて、一万貫で大名などに取引されたという話だ。

そのルソン壺が若月だという。

「ほんまか」

清兵衛の目の色も変わった。しかし左之助は苦笑して首を振った。

「ちゃう、ちゃう、徳次郎、お前、何か別の話と一緒くたになってるわ」

左之助は煙管《キセル》を持ち直した。

「確かに親父の六右衛門はルソン壺を手に入れてた。そやけど、それは納屋様が堺から追放になった後や。それまでみなが目の色変えて一万貫でも買おうとしていた壺が、途端にただの二束三文の壺や。大方叩《たた》き割られたけど、親父がひとつ記念に持ち帰ってただけやがな」

「でも、それが若月でっしゃろ」

徳次郎はまだこだわっている。しかし左之助が元も子もない言葉を吐いた。

「そやから、違うっちゅうねん。ルソン壺はわいが小さい頃、蔵で遊んでて割ってしもうたがな」

徳次郎が呆然《ぼうぜん》となった。清兵衛は左之助をにらんだ。

「ほな、若月ってのは、何やねん」

左之助は煙管をくわえて、ぷかっと煙を吐いた。

「全く別や。まあ、やっぱり親父が譲り受けたもんや」

「誰から」

「今井はんや」

「今井はんって」

「今井宗久様やがな」

「何やて」

清兵衛は思わず声をあげていた。徳次郎の顔が再び活気を取り戻す。

「そうや、そうでした」

左之助はしゃべり始めた。

「親父は今井宗久様と仲が良かったんや」

「ああ、聞いたことある」

清兵衛が慌てて頷《うなず》くと、左之助も笑みを見せる。

「ほんでその今井様から譲って貰ったのが若月、信楽《しがらき》焼の名品やな」

「それやったら、百貫にはなるやろ。何せ、今井宗久なんやから」

清兵衛が勢いづくが、左之助は首を振った。

「無茶言うたらあかん。いくら今井様の物でも、そない何でもかんでも、百貫や、千貫するかいな」

「でも、おじいちゃんが見込まれて、あとを託された物やろ」

左之助は強く首を振る。

「いや、あれはそんな大したもんやないんやて。恐らく売っても、たいした金にならん。それにな、大体、あれは家宝や。他所《よそ》へ持ち出したら、それこそ罰が当たる」

「俺からみたら、お父ちゃん、もう、とっくに当たってるみたいやけどな」

清兵衛の言葉に、左之助の顔が強《こわ》ばった。

「何やと、親に向かってその言い草は……」

「言い草も何も……とにかく、金が無いと二進《にっち》も三進《さっち》も行かんのや」

清兵衛の言葉も強くなる。そして更に続けた。

「それに、家宝やからこそ、今が出番やないんか。もう、俺ら、飯も食えんようになってるんやで。しゃあないやろ」

「いや、家宝言うんはそんなもんとは違うで。いくら裸になろうと守るべきもんや」

「それやったら、もっと他の物も守って欲しかったわ。おじいちゃんが残した財産全部使い尽くして、今更家宝も無いやろ」

「あのな、家宝は家宝、大事に守らなあかん」

左之助が煙管で清兵衛を指した。

「それに、売っても、どうせ二束三文。百貫なんかあるかい」

いつになく、左之助は頑固に言い続ける。しかし、清兵衛も負けてはいない。

「ええか、お父ちゃん、さっきから金にならん言うてるけど、それは三浦屋さんが決めるこっちゃ。お父ちゃんが心配することやない。実際、百貫になる言うてるんや。俺らは担保を入れて、銀百貫を受け取るだけ、そうやろ」

だが、左之助も頑強に首を振る。

「あのな、お前は情、言うんが分からんのか。親父の残してくれた家宝は絶対に出さへん。あれは形見と同じや」

「分かった」

清兵衛は急に深く頷いた。

「徳次郎さん、すんませんが、杯用意してくれますか」

「おっ、酒呑《の》むか」

左之助の声が嬉しそうに高くなる。

「いや、水もお願いします」

「何や、縁起でもない」

左之助の顔が曇る。徳次郎も青い顔で座ったままだ。清兵衛は真剣な顔でふたりを見た。

「どうやら、ここまでのようです。三人水杯交わして、死のか」

「な、何をちょけとんねん……」

「大真面目や」

清兵衛は左之助を見た。

「商売継いだはええが、借金まみれで元手もあらへん、いやそれどころか、飯も食えんようになった。そやけど、金策もうまいことといかん。担保は出さんと言いくさる。もう、皆で死ぬしかあらへんがな」

清兵衛はそうつぶやくと、立ちあがった。

「お父ちゃん、一緒に死んで貰《もら》うで」

清兵衛の目が血走っている。

「そうや、勝手に行ったら、あるわ、出刃包丁……刃物は堺の名物やんけ……」

清兵衛が奥へと歩き始めた。

「おい、清兵衛、何、おかしなこと言うてんねん。待たんかい」

清兵衛は振り返ると、己の帯を触った。

「ああ、これでもええか。帯も堺の名産品や」

「清兵衛、何ぶつぶつ言うてんねん」

清兵衛が帯を解《ほど》きながら、凄《すご》みのある笑みを見せた。

「お父ちゃん、出刃で刺されるのと、帯で絞められるのどっちがええ」

「どっちも嫌じゃ」

左之助がそう言うと、清兵衛の目にはおそろしい光が灯《とも》った。

「若、あきません」

徳次郎が言っても、清兵衛は左之助に近づいて行く。

「お父ちゃん、すぐに俺も行くからな」

「えっ、うわっ、やめ。親や、わいは、親やぞ」

左之助が逃げようとしたが、清兵衛はその肩をつかんだ。

「離せ、離せって」

「どっちがええ」

「何を言うてる」

「どっちや」

「どっちもいやじゃ」

「ほな、若月出せ」

「阿呆《あほ》抜かすな」

清兵衛が両手で帯を持って左之助を見た。左之助はその勢いに押されて後ろへどすんと倒れる。

「若月出すか」

「それとこれとは、話が……」

左之助は倒れながら言いかけたが、清兵衛の持つ帯が首に巻き付いた。途端に左之助は叫んだ。

「……違わん……分かった。若月持って行け」

急に清兵衛の目が明るくなった。

「お父ちゃん、ありがとう」

清兵衛は慌てて、左之助の首から帯をほどいていく。

「おのれ、親を脅したな」

「いや、本気やで……」

清兵衛の目が一気に暗くなり、再び帯を両手で握った。

「わ、分かった。もう、ええ」

左之助は大声で叫んだ。

「ほな、若月出してくれるな」

「分かった言うてるやろ……」

左之助は手を振った。

「……何や、その格好。ええから、はよ、帯巻け」

清兵衛は笑みを見せると、はだけた着物を直して、帯を巻き始めた。

「間違いないようですな」

茜屋の奥座敷に通された三浦屋は嘆息をまじえながら、頷《うなず》いた。

茜屋の奥座敷に、番頭ふたりを背後に座らせた三浦屋と、やはり背中に左之助を置いた清兵衛が座卓の前で向き合っていた。そして目の前の座卓の上に、わずかに青みを帯びた白い壺《つぼ》が置かれている。徳次郎は廊下のすぐ側に座っていた。

「結構な物です」

三浦屋は見惚《みほ》れている。

「うちの家宝でございますからね。堺ではよう知られてますが、この若月は今井宗久様から譲り受けた大事なお宝ですねん。どうぞ、大事に扱って下さいや」

「ああ、やっぱり、その噂、ほんまでしたか」

三浦屋はもう一度ため息をついて、若月を見た。清兵衛は深く頷いた。

「ええ、先々代の六右衛門は若い頃、それはそれは宗久様に可愛がられたようで、我が子同然のようにしていただいたと」

「なるほど、そういう御縁があったんですな」

「ええ、そんな御縁で堺が大火事になった時に、今後はこれはお前が守れと譲っていただいたとのことです」

それだけ言って清兵衛が振り返った。

「なあ、お父ちゃん」

「ああ、そうですわ。今井様から、うちの親父が譲られた物に間違いありません」

後ろに控えた左之助の言葉に、三浦屋は微笑んだ。

無論、話半分である。しかし今井宗久という名前と、先々代六右衛門の話、それに実物の若月があれば話は通って行く。

「大事に預からせていただきます」

清兵衛は慎重に若月を持ち上げると、元入っていた桐箱にゆっくりと納めていく。

「では、どうぞ」

清兵衛は若月の入った桐箱を座卓の上をすべらせて、少し三浦屋の方へと押した。

「それでは、遠慮無く」

三浦屋は連れてきていたふたりの番頭に合図をした。

「ええか、絶対に壊したらあかんで」

三浦屋が厳しい顔をした。ふたりが立ちあがって、慎重にそして丁寧に箱を包んでいく。さすがに金貸しだけあって、預かる担保の扱いはとても慎重で用心深い。

三浦屋は座敷まで運んで来た大きな葛籠《つづら》を指した。

「こちらに、銀百貫文がございます」

三浦屋が葛籠を開けると、銀が見えた。

「勘定いたしますか」

「いや、もう、それは三浦屋さんを信じてますさかい」

清兵衛は微笑んだ。

「左様ですか」

三浦屋は黄色い歯を見せた。

「ほな、まあ、しっかりこれで、店を盛り返してください」

「はい、分かってます」

「細かいことはさっき決めたとおりや」

三浦屋は徳次郎の方を見ると、清兵衛へ視線を戻した。

「大番頭さんに渡した書きつけに書いてあります。要は三年で返して貰《もら》いますいうことや。利は最初の年は大晦日《おおみそか》、後は半年ごとに納めてくれたらええ……」

三浦屋の声が鋭くなった。

「……ただし、一回でも払えん時があったら、残りの貸し金を全額返すか、担保が流れる。これだけは、何遍でも言うときまっせ」

「分かってま」

清兵衛はしっかりと返事をした。

「ほな、これで」

三浦屋が立ちあがった。ふたりの番頭は慎重に白布に包まれた桐箱を持ち上げると、ゆっくりと歩き始めた。

三浦屋が会釈して座敷を出る。徳次郎が見送る為に立ち上がって続く。清兵衛も続いたが、廊下でふと、立ち止まると、座敷へと踵《きびす》を返した。左之助がひとりで開いたままの葛籠をのぞいている。

「何、してんねん」

清兵衛が声を掛けると、左之助はびくっとして振り返った。

「うわーっ……あー、びっくりした……脅かすなよ。心の臓が止まったか思うたわ」

「止まってくれたら、どんだけええか」

「何やと」

清兵衛は構わずに葛籠の蓋《ふた》を閉めた。左之助はそれを未練がましく見ながら言う。

「何してるって、お前、こんな大金置いたままで、誰もおらんようになったら物騒やな思うて、見張ってたんやないか……」

「一番物騒なんはお父ちゃんやろ」

「何、言うてんねん。それより、お前も三浦屋はん、見送りに行かんかい」

「いや、徳次郎さんが行ってる」

「折角仰山の金貸してくれたのに、もう一遍御礼言うてこい」

「いや、それよりも大事なことがあってな……」

清兵衛はいきなり左之助に近寄るや袂《たもと》を握った。固い感触がある。左之助が声を荒らげた。

「おい、何や、お前、親に乱暴するんか。あかんぞ……」

「あかんな……でも、これもあかんな」

清兵衛は左之助の袂から、板銀をいくつかつかみ出していた。

「いや、それは……こぼれ出てたから、拾うとこと思うてな……」

左之助の声が小さくなっていく。

「言いながら、己でも苦しいやろ」

清兵衛はそう言うと、板銀を葛籠に戻した。左之助は照れたような笑みを浮かべると、座敷を出て行こうとした。

「お父ちゃん」

「まだ、何かあんのか」

「左」

「はあ」

「左の袂」

「えっ」

左之助は首を傾げた。

「しょうもない芝居はええから」

清兵衛は左之助に近づいた。

「左に入れた分も、はよ出し」

「なに、左って……」

言いながら、左之助は右袖《みぎそで》を探っている。

「そっちは右。こっちや」

清兵衛が左袖をつかむと、左之助は笑った。

「え、あっ、こっちが左か。年取ると忘れっぽうてな。はは、入ってたわ、ははは」

左之助は板銀をつかみだすと、清兵衛に渡した。左之助が行こうとする。

「もう一枚」

清兵衛が、まだ垂れ下がったままの左の袂を指す。

「まだ入ってるし」

清兵衛の言葉に、左之助はすっとぼけた顔をした。清兵衛は袖に強引に手を突っ込むと板銀をつかみ出した。

「うわっ、ほんまや」

左之助は白々しい声をあげた。

「油断も隙もあらへん……」

清兵衛が苦々しそうに舌打ちした時、いきなり廊下を走る音がした。

「いや〜、これ、全部でなんぼあるん」

お絹が大声を挙げて、廊下から座敷へとやってくる。清兵衛は苦々しい顔になる。

「あかん、何で、この家は、こう、ややこしいのが多いねん」

お絹は座敷へ躍り込むように入ろうとしたが、清兵衛は制するように前へ出た。

「お兄さん、えらいお金持ちになったな〜」

今までの兄はんが、お兄さんになっている。

「俺の金やない。借りた金や」

「そうなん。でも、うちで使うんやろ」

「ちゃうで。店《たな》で使うんや」

「そやから、うちで使うんやろ」

「ちゃう言うてるやろ」

清兵衛が言っても、お絹は目を輝かせている。

「祭が近いやろ。あたしな、浴衣《ゆかた》のええの作ろうと思うてねん」

お絹は清兵衛を見た。

「ほら、あたし、毎日飯炊きしてきたし。なあ、お兄さん、買《こ》うてええやろ」

「かまへんよ」

お絹の顔が紅潮した。

「うわ〜、嬉《うれ》しいわ。買うてええんや」

「ああ、おどれの金で買う分は何も言わへんで」

清兵衛はそう言って、お絹を廊下に押し戻した。

「ここに仰山お金あるやん」

「浴衣買う金とちゃうねん」

清兵衛が言うと、お絹の頬がぷっと膨らんだ。

「いけず」

お絹はそのまま、元来た廊下を歩いて行く。

「ああ、お絹、飯炊き今日から、また頼むで」

お絹がもの凄《すご》い形相で振り返った。

「浴衣は買えんけど、米は買うから」

清兵衛が言うと、お絹はふんと鼻を鳴らして行ってしまった。

「健吉はおるか」

清兵衛が言うと、店から健吉が走ってきたが、葛籠《つづら》を見た瞬間、顔色が変わった。

「これで店を建て直すんや」

清兵衛は健吉を見た。

「よっしゃ。蔵へ運ぶで」

清兵衛と健吉は葛籠を持ち上げた。

三、

「どういうことですか」

清兵衛の顔色が変わった。

「へぇ、どこも卸してくれませんのや」

徳次郎が苦悩の表情を浮かべる。

「そんな、やっと金ができたのに」

徳次郎は何も言わない。

「俺が行きます。直で頼んでみます。徳次郎さん、問屋は近くでしたよね。案内してくれますか」

清兵衛は表に駆け出していた。徳次郎が慌ててついてくる。茜屋のある湯屋町や隣の戎町《えびすちょう》には、縮緬《ちりめん》を卸す問屋がいくつも建ち並んでいる。行き交う人々は、いつものように多いが、なんとはなく、はしゃぎ浮かれているように思えた。

「ああ、もうすぐ祭か」

清兵衛が言うと、徳次郎も頷《うなず》いた。

「住吉祭ですわ」

無論、清兵衛もよく知っている。徳次郎は続けた。

「もう少しで六月も終わりですさかい。また住吉大社から、この通りを通ってあっちの住吉さんの御宿院まで、行列が通りますわ」

徳次郎は嬉しそうな顔をした。清兵衛も懐かしい。三年前に見たきりだ。

堺の北を流れる大和川に架かる大和橋を渡ると、向こうにはすぐに住吉大社がある。一年に一度、六月晦日《みそか》にその住吉大社を出た神輿《みこし》が、大道筋を通って南に向かい、真ん中で交差する大小路通を越えて、更に通を二つほど越え左へ入ると、住吉の宿院がありそこの御旅所《おたびしょ》に入る、すなわち渡御《とぎょ》という祭である。この時、神輿と一緒に様々に仮装した行列が一緒に練り歩くのが祭の見物であった。更に、港側では、一晩中、夜市が立って、大賑《にぎ》わいする日でもあった。

一瞬浮かれたが清兵衛はすぐに厳しい顔になる。縮緬の仕入れを断られたことで、頭がいっぱいだった。まさか金があるのに売ってくれないとは思ってもみなかった。

「徳次郎さん、なんでこんなことに」

「それが何も言うてくれんのですわ」

徳次郎も首を傾げている。清兵衛は仕方なく歩みを進めた。そしてすぐのところにある最初の西海屋《さいかい》の暖簾《のれん》をくぐった。

「いらっしゃいまし……」

出てきた手代らしき男の声が途中で小さくなる。

「西海屋さん、いらっしゃいますか。茜屋清兵衛です」

手代は小さく頷くと、奥へと入って行った。そして間も無く、戻って来る。

「あの、案内します」

　手代はそう言って、一旦《いったん》玄関を出た。そして清兵衛と徳次郎を手招きすると、横道に入り裏へと回っていく。

「こっちから来てくれと言ってます」

　手代はふたりを裏口まで回すと、木戸を開けた。

「さっ、どうぞ」

　清兵衛も徳次郎も仏頂面で中へ入る。すると廊下に、西海屋が立っていた。

「ああ、徳次郎はん、それと、こちらは……」

「茜屋の三代目、清兵衛です」

「ああ、あんさんが」

　西海屋は廊下で腕組みしたまま、清兵衛を見た。

「あの、縮緬のことなんですが……」

「ああ、あれ、すまんこっちゃな。卸すことができへんねん」

「なんでですか。今までのツケは払いますし、何やったら、今度のは掛けなしで払いますから」

「そういうことやないねん。物があらへんのや」

「物がないって、どういうことです」

清兵衛は食い下がる。

「ないっちゅうんは、ない言うことや。ただ、それだけですわ。すんまへんな」

西海屋が背中を向けた。

「西海屋さん、そこを何とか……」

しかし西海屋の背はもう見えない。清兵衛はそれでもまだ上がろうとしたが、徳次郎が後ろから抱き止めた。

「あきまへん、それは、泥棒になります」

清兵衛も頷くと、ふたりでしょんぼり外へ出た。

「一体、どういうことやねん」

「本当に、分かりませんのや」

徳次郎が泣きそうな顔で言った。清兵衛は再び北へ歩き始めた。神明宮《しんめいぐう》そばの縮緬問屋の前に立つ。

「ここでしたな」

清兵衛は暖簾をくぐった。そしてわずかの間に、けんもほろろに追い返された。

「次はどこや」

「そうですな。妙国寺《みょうこくじ》の方へ」

「山の方やな」

ふたりは歩き出して、三度店の門前に立った。そしてまたまた、すぐに追い返される。朝方だけで、それを更に四度繰り返した。

「参ったな」

清兵衛は額の汗を手で拭《ぬぐ》った。徳次郎もがっくりしている。

「長い間商売してますけど、こんなこと初めてで」

徳次郎がそう言って、道端に腰を下ろした。清兵衛も続く。

「そやけど、世の中、金やと思うてたけど、金でどないもならんことがあるんやな」

徳次郎のつぶやきが、清兵衛の耳にも入ってきた。六月のお日様は厳しく、ふたりを照りつける。

「暑いな」

「行きましょ」

ふたりは腰を上げた。

「これはどないしたんや」

店に戻った清兵衛は驚きの声をあげた。わずかに五本ほどだが、縮緬が帳場の横に積んである。徳次郎も仰天して、駆け寄った。そこへちょうど政八が出てきた。

「あ、お帰りやす」

「政八、これ、どないしたんや」

徳次郎は縮緬を触りながら尋ねた。

「へぇ、西海屋さんがお届けに来はりました」

政八の返事に、清兵衛と徳次郎は顔を見合わせた。

「ほんまの上物ではおませんけど、それなりの品ですな」

徳次郎がそう告げると、清兵衛は尋ねた。

「どういうこっちゃ」

「おそらく、あまりに邪険にしたんで、ちょっと罪滅ぼしいうとこでしょうかね」

徳次郎は白けた顔でそう言う。

「余り物《もん》みたいなもん回してきたんでっしゃろ」

「ほな、店には出せんのか」

「とんでもない。今のうちでは、最上の物です」

徳次郎はその縮緬《ちりめん》を大事そうに撫《な》でた。その時、政八が小声を出した。

「旦《だん》さん。どうやら、お客さんのようでっせ」

清兵衛が振り向くと、背の高い若い男がいて、後ろには父親らしき者が見えた。

「いらっしゃいまし」

清兵衛はすぐに声を掛けた。徳次郎と政八もすぐにそちらを向く。若い男はいきなり、徳次郎の方を指した。

「それ、ええな」

男は積み上げた縮緬の一番上の市松《いちまつ》模様のものを指していた。

「祭にちょうど、ええわ」

男が言うと、父親も頷《うなず》いた。

「そうやな」

「ちょっと見せてくれるけ」

「ああ、どうぞ、どうぞ」

徳次郎が素早く床に転がした。鮮やかな紺と白の市松模様が飛び出てくる。

「ええ、柄ですぜー」

初めて見たくせに、徳次郎はしゃあしゃあとした顔をしている。

「うわ〜、これ、ええわ」

男は嬉《うれ》しそうな顔をすると、父親の方を見た。

「なあ、これ、買《こ》うてや」

父親も近づいてくる。

「他のも見てからの方がええんちゃうんか」

「いらん、いらん、これしかないって」

男が頑固に言うと、父親は顔をしかめた。

「しやあないな……すんません、これ、なんぼや」

政八が算盤《そろばん》で値を見せている。

「もうちょっと何とかならんか」

「ほな、これくらいで」

政八が算盤を入れ直す。

「うーん、もうちょっと」

「これで」

政八がまた入れ直すと、父親がその算盤を少し触った。

「これなら買うで」

「かないませんな。ほな、それで」

「よっしゃ」

父親は嬉しそうに頷いた。

「ああ、ありがとうございます」

健吉が縮緬を受け取ると、包み始めた。政八が父親に名前を書いて貰《もら》っている。

「ほな、掛け取りでええな」

「月末でよろしか」

「ああ、かまへん」

「ありがとうございます」

父親は書き終えると、政八を見た。

「時にな、番頭さん、仕立て屋はどこぞにあるんかい」

「はあ、それやったら、そうですな……海の方へ行って、呉竹町《くれたけちょう》辺りにいくつかありますが」

「呉竹町って紀伊《きい》の殿さんの屋敷のある辺かいな。そんなとこまで行かなあかんのや」

「へえ、うちは仕立てはやってませんので」

「めんどいこっちゃな」

父親は苦笑した。

「まあ、祭に間に合わせんとあかんし、しゃあないな」

「そうやで、お父ちゃん」

男と父親は笑いながら出て行った。

「今のやな」

清兵衛がつぶやいた。

「へぇ、売れましたな」

徳次郎が嬉しそうな声を出す。

「いや、そうやのうて、今のはええもん見せてもろた」

清兵衛はそう言うと、徳次郎の顔を見た。

「おそらく男所帯やろ。男は仕立てができへん。そやから、仕立て屋に行くんやな」

「女子《おなご》でも上物は仕立て屋に頼むことは多くなってますな」

清兵衛は徳次郎に尋ねた。

「さっき政八が言うてたように、仕立て屋はいくつかあるんやな」

「ええ、まあ、浜の方には数軒おますな」

「腕の確かなんはどこや」

「そうでんな」

徳次郎はしばらく考えていたが、やがて口を開いた。

「小橋《こはし》屋でっしゃろな」

「聞いたことないな」

「へぇ、まだ、最近店開いたばかりの若い職人ですが、まあ、腕は確かですし、何より、仕立てた袖《そで》の格好がようて、年寄りから若いもんまで、人気がありますな。時々、うちも仕立てを頼みますさかいな」

「よっしゃ。うちの仕立て屋になって貰おうや」

「どういうことで」

「どうも、こうも、最前のお客さんみたいに、生地を買うたら仕立てるのは当たり前や。それやったら、ここで仕立て屋にもおってもうたら、どや」

「なるほど、便利ですな」

「そやろ、仕立て屋にとっても悪い話や無いと思う。なんせ、客集める苦労がいらんさかい」

「なるほど、それはええですな。早速、明日《あした》にでも誰ぞに話させに行きましょうか」

「うん、俺らは他のことがあるからな。政八に行ってもらお」

清兵衛は政八を見た。

「今の話、聞いてたな。明日の朝、一番で、まだ店が混む前に行ってきてくれ。大体のことが決まったら、俺も出るよって」

「分かりました」

政八は大きな声で返事をした。徳次郎が感激の目で清兵衛を見る。

「しかし、若、なかなか、ええ知恵浮かびますな」

「まあ、そうやけど、この知恵には欠かせん大事なことがある」

「何ですの」

「うちの店に客が仰山くることや。そうせんと、小橋屋もここでおっても商売にならん言うて帰ってしまうやろ。小橋屋へ行く客よりは多く客がないとあかん」

清兵衛はそう言うと、腕組みをした。

「それには何としても、上物の縮緬を仰山仕入れんとあかんのや」

清兵衛の言葉に、徳次郎の顔が曇る。今朝の苦労に逆戻りということだ。

その時、暖簾《のれん》が上がった。

「いらっしゃい……」

店中の声が途中で途切れた。入って来たのは左之助で、そのまま帳場に上がった。

「お父ちゃん、店開いてる時は、裏口から上がってや」

「何を言うてんねん。わいはついこの間まで、ここの主人やったんやぞ。裏口に回る法があるかい」

言いながら、そのまま奥へ行くかと思ったが、左之助は立ち止まった。

「ああ、清兵衛、ちょっと話があんねん。他でもない。祭のことや。覚えてるか。前言うてた住吉大社の祭のことでな」

「堺渡御やろ」

「何や知ってるんか」

「あのな、忘れたんか。俺は悔しいけどあんたの子や、堺でずっと育っててんねん。知らんわけないやろ」

「阿呆《あほ》、子を忘れる親がどこにおんねん。それより、その、悔しいけどって、何やねん」

「思うてるとおりや」

「へん。そんな、親を阿呆にしとると、いずれ罰があたるぞ」

「もう、あたってるわ」

「ははは、まあ、ええ。それでな、祭の寄進のこっちゃ」

「寄進……」

「そうや、知ってのとおり、住吉大社から、御旅所の宿院まで、神輿《みこし》や仰山の人の行列が動くんや。金も掛かる。堺の衆が出すんが昔からの習わしや」

左之助は火の付いていない煙管《キセル》をくわえた。

「大勢の者が鉄砲隊や武家や南蛮人に仮装して、行列するんや、それだけも大層やろ。それで、漁師たちはお供えの魚を献上して、朝方まで海辺では魚の市が立つ。まあ賑《にぎ》やかなもんや。それだけに、銭は色々かかる」

左之助は清兵衛を見た。

「堺の老舗《しにせ》として、恥だけはかくなよ」

左之助の意見は聞きたくないが、これだけは清兵衛も頷《うなず》くしか無い。

——地元で嫌われるのは避けなあかんからな。

「まあ、少しはしとくわ」

「そうか、分かってくれたか。何やったら、わいが……」

「結構。己で持って行く……あっ、そやけど、米代を寄進に使《つこ》うたんやろ」

「えっ、何の話や」

「この前言うてたやろ。久助さんが集める役目やから、持ってた米代渡したって」

「そんなこと言うたか」

「言うたよ」

「そうか。ほなら、それは間違い」

「はあ。ほな、金は久助さんに渡してないんか」

「いや、それはほんまや」

「何が間違いやねん」

「寄進やないんや。あれはつけを払えって言われてな……」

左之助が情けない顔をした。

「はあ」

清兵衛はため息をつくしかない。

「もう、ええわ」

清兵衛は吐き捨てるように言うと、左之助を見た。

「そんで、寄進はどこへ持って行ったらええねん」

「ああ、それはやな。小松《こまつ》様の家や」

「えっ」

清兵衛の声が大きくなった。左之助は驚いている。

「知ってるやろ。ちょっと先の車之町《くるまのちょう》の小松様やがな」

「鉄砲鍛冶《かじ》の……」

「おお、そうや。お前、あそこの娘さんと子どもの頃、よう遊んどったやないか。覚えてへんのか」

「そうやったかな」

清兵衛は口ではそう言ったが、実はお近《ちか》という娘のことはよく覚えていた。

「なに、ぼおーとしててんねん。覚えてないんか。惚《ぼ》ける年とちゃうやろ」

「ああ、思い出して来た。その小松様の家に届けたらええねな」

「そうや」

左之助は懐手をしながら、奥へと歩いて行った。

——お近ちゃんか。綺麗《きれい》になってるやろな。

清兵衛は思わず微笑んでいた。

「何か、おもろいことおますの」

「わっ……」

横合いから徳次郎が急に声をかけたので、思わず清兵衛は声を出していた。

「いや、何もない……それより、明日も仕入れ頼みまっせ。さっきも見たとおりや。それなりの物さえあったら、売れるんやから」

清兵衛は己に言い聞かせるように話した。

「あきまへん」

徳次郎は首を何度も振った。その顔には汗が噴き出している。昨日以上に照りつけている日の下、清兵衛と徳次郎は再び縮緬《ちりめん》、絹問屋をあたっていた。しかし昨日と同じで誰も売ってくれない。さすがの清兵衛も途方に暮れていた。

「もう、つきあいのある問屋はほとんどあたりました」

徳次郎は残念そうな顔をする。

「あとは、小倉《おぐら》屋さんくらいかな」

「よっしゃ、そこ、行ってみよ」

徳次郎が先に立って歩き出す。

「魚いらんか」

浜から売りに来た魚屋とすれ違う。

「今日は桜鯛《さくらだい》があるで」

「こら、ええ、報《しら》せかもしれん」

清兵衛が言うと、徳次郎が尋ねた。

「何がです」

「目で、鯛やないか」

清兵衛の言葉に、徳次郎はくすりともせずに歩き始めた。四半刻《しはんとき》後、清兵衛と徳次郎は小倉屋の奥座敷で、再びきっぱりと断られていた。

「あきまへんか」

「あきまへんな」

まだ三十になったくらいの小倉屋は今までの店よりは丁重に接してくれたが、いざとなると、全く同じ返答だった。

「少しでもかまへんのですが」

「おませんな」

「ちょっと落ちるような縮緬でも……」

「くどいでっせ」

小倉屋はむっとした。

「すんません」

清兵衛は頭を下げると、立ちあがろうとした。

「お役にたてませんで」

小倉屋が返事をする。その時、清兵衛は振り返った。

「あの、どうして、縮緬が無いんでしょうか。どこも売ってくれんとは、考えられんのですわ。どこで聞いても訳を教えてくれません」

清兵衛はもう一度頭を畳に擦《こす》りつけた。

「ここが最後なんです。訳だけでも教えて下さい。お願いします」

清兵衛はそのまま動かない。徳次郎も小倉屋も唖然《あぜん》としている。しばらくして、小倉屋が静かに言った。

「頭あげて下さい」

「教えてくれまっか」

清兵衛は頭を下げたままで聞く。

「参ったな」

小倉屋はそう言うと、頷いた。清兵衛はすぐに顔を上げる。小倉屋は話し始めた。

「訳はふたつ、たやすいこと。これはどこの店でも同じでしょう」

小倉屋はそう言って清兵衛を見た。

「まずひとつ目は、もう堺も、ええ目ができんようになってるんですわ」

「何のことです」

「糸割符仲間やがな。もう、それが段々形だけになってきおったんや。知ってはると思うけど、輸入生糸は堺、京、長崎の三ヵ所の商人で独占しとった。それが糸割符仲間や。けどな、最近、それが大坂、江戸、平戸《ひらど》までに広がりおってな、もう堺にはあまり当たらんようになってきおった。当然、卸す量も減ってきたわけや」

清兵衛は聞きながら、己の不明を恥じていた。確かに卸入れから買い付けて小売りする茜屋は、直接糸割符仲間ではないが、大きな影響を受けている。ひとつの問屋に流れてくる絹織物、縮緬などが減らされれば、当然茜屋に卸す物も減るだろう。

「それに加えて、あんたんとこの様子や」

小倉屋の顔が険しくなった。

「己の店のことを知らぬは主人なり言うてな。他の店の主《あるじ》は、みな茜屋はんのことをよう知ってはる。たとえ一時金が入っても、すぐにおかしゅうなって……そやから、商いのつきあいを元々したくないとこに、糸割符があかんようになってきたから、これはええきっかけやと思うたんでしょう」

小倉屋はそれだけ言うと、黙った。清兵衛はもう一度頭《こうべ》を垂れた。

「小倉屋さん、ありがとうございます。よう、言うてくれました。恩にきます……で、聞かせついでに、もうひとつだけ」

「なんでっしゃろ」

「どないしたらええか、お知恵お貸しいただけませんか」

「どんだけ、厚かましいんやら」

「そこを何かありましたら」

　小倉屋の顔が険しくなった。

「徳次郎さんも聞いたやろ。ちょっと足を伸ばすしかない」

　清兵衛がそう言うと、徳次郎も頷《うなず》く。小倉屋での話を最後に店に戻ったふたりは、もうすでに閉めた後の店の帳場の横で話していた。

「つまり、堺やのうて、どっか別の場所から仕入れるいうんですな。で、どこですねん」

「さっき、小倉屋はんが言うたやないか」

「何でしたっけ」

「糸割符仲間が増えてしもうたって。つまりは、そっちへ生糸やら絹が流れたゆうこっちゃ」

「確かに、そうでんな。そやけど、江戸や平戸や言われても、京でもなかなか行けません……あっ……」

「気ぃつきましたか」

「大坂やったら、何とかなる、でしょう」

清兵衛が言うと、徳次郎の顔が明るくなった。

「しかも、堺と違《ちご》うて、今の茜屋のことがそんなに知られてないはずやし、新しく回して貰《もろ》うたばかりで、余ってるかもしれん……」

「現銀持って行ったら、何とかなるかも知れません」

ふたりは思わず、手を取り合って喜んだ。そこへ奥から、政八が出てきた。

「あっ、お帰りやす」

「おう、政八、今日はどうやった」

「はあ、残った縮緬《ちりめん》のうち二本売れました」

「そうか、よっしゃ、よっしゃ」

「ただ、あっちはうまいこといきまへんでした」

「仕立て屋の小橋屋のことか」

清兵衛が問うと、政八は頷いた。

「そんなこと聞いたことがない言うて」

「よう話したんか」

「ええ、何遍も同じ話しました。でも、そのたびに、やりませんの返事で」

「そら、また困ったこっちゃ」

清兵衛は首をぐるっと回した。

「他の仕立て屋あたってみましょか」

政八が言うと、清兵衛は今度は首を振る。

「いや、当代人気随一の小橋屋で無いとあかん」

「そやけど、頑固な男でして」

「金の話はしたんか」

「旦《だん》はんの言うとおり、二割増しにと。でも、全く相手にしてくれません」

「何が欲しいねん」

「さあ」

政八が首を振った。清兵衛は政八を見た。

「もう一遍、いや、ええと言うまで何度でも行って、とにかく連れてくるんや。金は三割増しでもええ」

政八は返事はしたが、苦しそうな顔をしている。

「もう、今日は休め」

政八は一礼して、奥へと行く。清兵衛は再び、徳次郎を見た。

「あっちも苦労してるな」

「そのようですな。で、さっきの話ですけど……」

「そうや、明日《あした》は早立ちして大坂へ行く。健吉も一緒に連れて行く。現銀持って動くんや」

「それは分かりますけど、当てはあるんでっか」

「まあ、行ってみな分からん。当たって砕けろや」

翌日、日の出とともに清兵衛、徳次郎、そして健吉の三人は出かけた。北へ真っ直ぐ進んで、途中の今宮村《いまみや》では、商売の神様、今宮戎《えびす》に参拝した。そして更に直進して、千日墓《せんにち》の横を通り抜けて、道頓堀《どうとんぼり》に架かる日本橋《にっぽんばし》まで来た時には、もう昼前になっていた。男の足にしては遅いが、無理もない。銀を振り分けにして、三人それぞれが担いで来たからだ。危ないと言う者もいたが、今日見つけた問屋で、現銀を見せることで、そのまま購入して、持ち帰る。清兵衛は、そう算段していた。

「さて、大坂やで」

清兵衛は懐かしそうに周囲を見回した。この間まで奉公していた並木屋は材木商であり、この道頓堀沿いに大きな店を構えていた。並木屋以外にも、この辺りは材木商が多く、それは道頓堀があり、水運に恵まれていることが大きかった。

清兵衛は並木屋の方を見た。少し遠くで、店構えは見えないが、一礼するように頭を垂れた。

「それで、どこ行きましょか」

徳次郎の言葉に、清兵衛は頷いた。

「まあ、ついて来てくれ」

清兵衛は歩き出した。後ろから、重い荷を背負った徳次郎と健吉がついてくる。

清兵衛は大坂にいた頃を思い出していた。

――確か、この先に、絹問屋があったような……

清兵衛はぐんぐん歩く。後ろのふたりは必死で追いかけた。一軒目は清兵衛の記憶通りの場所にあった。しかし、一言で追い返される。

「西屋……聞いたことないな」

清兵衛は次の記憶をたどった。そして今度は結構あちこちを歩き回った後、ようやくたどりついた。だが、今度も一言で終わりだった。

「堺の商人なんて知らんがな……」

清兵衛はそれでも、人に尋ねたり、看板を見て飛びこんだりして、何軒か回った。中には縮緬問屋に見えたのが、薬種問屋だったり、瀬戸物屋だったりした。そして挙げ句の果てには、阿呆《あほう》、うちは寺じゃと怒鳴られる始末である。やっと縮緬問屋に入っても、みな一言で終わる。

「うちは、現銀は扱わんのや」

「知らん者とは取引せん」

「帰りなはれ」

――並木屋に頼ろうか。

何度、清兵衛は思ったかもしれない。しかしその誘惑を振り切って、歩いていた。

夕方になり、辺りが薄暗くなると、清兵衛は精も根も尽き果てたようになり、元の日本橋にまで戻ってきた。徳次郎と健吉も、振り分け荷物を背負ったまま、へたりこんでいる。

「あかんな」

清兵衛も腰を下ろす。ちょうど、最後に回った縮緬問屋、熊田《くまだ》屋が少し先に見える。三人は自然、そちらの方を見ていた。すっかり日は落ちて、提灯《ちょうちん》の明かりがあちこちで入り始めた。かなりの間、そうしていたが、やがて清兵衛は言った。

「帰らんとあかんな」

「へぇ、そうですな」

健吉がまず立ちあがった。清兵衛も立つ。徳次郎がよっこいしょと腰を上げた時、前にひとりの武士が立った。

「そこの三人何をしておる」

「えっ、ただ、休んでただけでして」

「休んでただと……」

相手の目が険しくなった。羽織、袴《はかま》の格好だが、よく見ると右手に十手をかざしている。清兵衛は目を見開いた。

「西町《にしまち》奉行所のもんや」

相手の男はそう言うと、十手で健吉の振り分け荷物を叩《たた》いた。中で銀貨がざらっと動く音がする。瞬間、相手の目が更に吊《つ》り上がった。背後にいたふたりの小者も、前に出てくる。

「それは何だ」

清兵衛は前に出た。

「ああ、説明いたします。実はわたしは堺の商人でして、茜屋清兵衛と申します。今日は大坂で現銀で取引しよう思いまして、こうやって仰山持ってきたんです」

「取引しなかったのか」

「うまいこと、いかんかったんで」

「取引でなく、取ったのではないか」

「何、言いますねん。そんなこと……」

「茜屋なぞ聞いたことがない」

「そら、堺ですから」

「さっき、あの熊田屋から使いが来てな。変な三人組が店に来た後、ずっと日本橋のたもとから、こっちを見てると」

役人の言葉に、清兵衛は唖然《あぜん》とした。

「いや、それは……」

「さっきのは探りで、夜を待って押し込みでもするんじゃないかと怖がっている」

「そんな……」

そう清兵衛が言った時には、清兵衛の腕は役人につかまれていた。何時の間にか、小者ふたり以外にも何人かの役人が現れて、清兵衛、徳次郎、健吉は捕らえられた。

「先に番屋がある。ちょっと来い」

役人の声が低く響いた。

番屋でも、清兵衛はさっきと同じことを何度も述べたが、向こうは端《はな》から信じていない。

「この界隈《かいわい》で、途中で役人は、小者に怒鳴った。

銀を大量に盗まれたところがあるはずだ。すぐに調べてこい」

「何を言いますんや」

清兵衛は言い返そうとするが、役人は相手にしていない。三人はまだ縄こそうたれていないが、土間に座らされていた。銀は取り上げられて、座敷に置かれている。

「いい加減にして下さいよ」

清兵衛が立ちあがろうとすると、役人は容赦なく殴った。

「うわっ」

清兵衛は倒れて、その頬が腫《は》れ上がった。

「何、するんや」

清兵衛はつかみかかろうとするが、足払いをかけられてそのまま土間に転がった。

「あかん、神南みたいに弱ないな」

清兵衛は頬を押さえて倒れたままになっていた。役人が竹刀を持ち上げた。

「どこを襲うたんや、言わんと……」

役人の竹刀が土間を打つ。

「うわあ」

三人は恐ろしさのあまり縮み上がった。その時、清兵衛は咄嗟《とっさ》に叫んだ。

「並木屋です。この近くの並木屋」

「あの材木商の並木屋か」

「ええ、茜屋清兵衛がそこを襲ったとお伝え下さいませ」

役人が傍にいた者に目配《めくば》せすると、すぐに外へ走り出て行った。

「それでええんや」

役人が満足そうに笑みを見せた。

「ええ、それで良かったです」

清兵衛も微笑んだ。

「びっくりさせないな」

もう五十は過ぎたと見える、大柄でしかも温厚そうな顔をした男は満面に笑みをたたえた。

「寿命が縮まったやないけ」

男は清兵衛の顔を見て、もう一度大笑いした。

「すんません、旦《だん》さん……あっ、並木屋さん」

清兵衛は畳に頭をこすりつけた。後ろにいた徳次郎と健吉も倣う。

「ああ、分かった、分かった。もう、ええから」

並木屋はそう言うと、清兵衛たちに頭を上げるように促した。

大坂広しといえども、なかなか無いくらい大きな座敷である。その真ん中で、机を挟んで、並木屋と、清兵衛たち三人が向き合っていた。ここは道頓堀沿いの戎橋近くに店を構える材木商並木屋。つい最近まで、清兵衛が三年間奉公した店である。

「しかし、襲われたんかー言うて、役人が飛びこんで来たときは、ほんま何が起きたか、誰も分からんかったで」

「すんません……でも、そうでも言わんと、あの役人、聞く耳持たんのですわ」

「なるほど、わしのとこ襲うた言うたら、わしが出てくると思うたわけや。やるやないか、清兵衛」

清兵衛は頭《こうべ》をもう一度垂れた。

「番屋で旦那《だんな》さん見た時は、ほっとして、嬉《うれ》しくて、嬉しくて……」

とうとう、清兵衛の涙袋が決壊した。殴られた頰をつたって、ぽろぽろと涙が落ちていく。徳次郎と健吉も涙目だ。

「ああ、もうええ、もうええ、わしは辛気臭いのが一番嫌いなんや。よう知ってるやろ」

並木屋は大声で言い放った。清兵衛は急に泣き止むと笑みを見せた。

「お邪魔しまっせ」

廊下に面した障子が開いて、ひとりの中年の男が入って来た。身なりは良く、いずれどこかの旦那風だ。並木屋が嬉しそうに手を叩いた。

「ああ、待ってましたで、ささ、こっちへ」

入って来た男は恐縮した顔で入ってくると、清兵衛たちを気の毒そうに見た。

「こちらが、例の」

男が並木屋に尋ねる。

「そうですわ」

並木屋が答えると、男は腰を下ろし居住まいを正すと清兵衛たちに頭を下げた。

「このたびはうちの者が申し訳ないことを。このとおりや、堪忍してくださいや」

清兵衛はぽかんとしていた。

「お役人様……では、ありませんね」

「何を寝ぼけたこと言うてんねん」

並木屋は男の方へ手を向けた。

「熊田屋はんや」

「熊田屋って……あっ」

清兵衛は思わず声をあげた。

「俺らのことを奉行所に……」

「すんまへん。うちの手代がつい勘違いしましてな」

「勘違いって、俺らのどの辺が押し込みやねん。大概にしてくださいや」

「ほんまに、すみません」

熊田屋は小柄な体を更に小さくした。並木屋が止める。

「清兵衛、まあ、そう怒るな。間違いは誰にでもあるこっちゃ」

「間違えてええことと、悪いことがありますがな」

清兵衛はまだ怒っている。並木屋が清兵衛を見た。

「それでな、熊田屋はんが詫《わ》びをしたいと言うてはってな。さっきお前を迎えに行く前に、話を聞いてたんや」

「詫びって……そんなこと今更してもうても、どつかれた傷は治りませんしね……」

清兵衛がふてたように言うと、並木屋は微笑んだ。

「縮緬《ちりめん》でもか」

一瞬、清兵衛は意味が分からなかった。

「熊田屋はんに売ってくれいうて頼みに行ったんやろ」

熊田屋が清兵衛の前に出た。

「うちは縮緬問屋です。なんぼでも卸させて貰《もら》います」

「え、いや、その……」

「怪我させたのも元はといえばうちのせいでして」

清兵衛の態度はがらっと変わった。

「こんなもん、怪我のうちに入りませんわ」

清兵衛はそう言って頬を叩《たた》く。そして顔をしかめながらも笑った。熊田屋は言葉を続けた。

「好きなだけ縮緬卸させて貰います」

「ありがとうございます。銀は持って来てますから」

「そんなもん、よろし、掛けでいくらでも」

「いや、いや、それは」

「いいえ、そうさせて下さい」

「しかし、それはいくら何でも」

「並木屋さんのお知り合いでしたら何も心配してませんし」

「でも、それは、やっぱり……」

　ふたりがいつまでも言い合うので、並木屋が割って入る。

「まあ、そしたら、今回は現銀の分だけ、縮緬を卸すということでどうでっしゃろ」

「こっちは何の不満もありまへん」

　熊田屋が言うと、清兵衛も頷《うなず》いた。

「ああ、それでお願いいたします」

　清兵衛は深々とお辞儀した。熊田屋ももう一度頭を下げる。後ろで、徳次郎と健吉は泣きそうな顔になっていた。その夜は並木屋があまり言うので、泊めてもらい、翌朝一番で、車まで貸してもらって、清兵衛は縮緬を持って帰った。

「よっしゃ」

清兵衛は土間に積み上げられた縮緬を見て叫んだ。熊田屋から仕入れた縮緬だ。番頭の徳次郎、政八、手代の健吉、伊助、友松と全員が揃って囲んでいる。

徳次郎がひとりしゃべり出した。

「これ、見てみ、これがほんまもんの縮緬や」

徳次郎は一巻き取り上げて、静かに触っている。

「この頃は京の西陣《にしじん》やなんて言うのもおるが、大坂もなかなかのもんやぞ」

清兵衛はそう言って、もう一度縮緬を見た。それぞれ赤、黄、藍《あい》、臙脂《えんじ》、そして店の名前どおりの茜色《あかねいろ》に染め抜かれており、白黒の市松文、棒縞《ぼうじま》、矢絣《やがすり》、檜垣《ひがき》文、鱗《うろこ》文など、柄も様々だ。

「とにかくこれだけの上物を仰山入れたんや。何としても売らんとな」

清兵衛は己に言い聞かせるように、つぶやいた。

「若、これだけのええ縮緬や。案ずることありません。すぐに捌《は》けますわ」

徳次郎が言うと、清兵衛は意外にも首を振った。

「それはあかん」

「何がでしょう」

「大坂の並木屋でおった時、言われましたんや」

清兵衛の頭に並木屋貫太郎の声が蘇《よみがえ》った。

「清兵衛、黙ってたら売れるなんてもんは世の中に無い。ええか、どんなにええもんでも人様が知らんかったら、無いんと同じや。逆にたいしたことないもんでも、人様がよう知ってたら、買《こ》うてくれる。そんなもんや。とにかく、人様に知ってもらう為に頭使え。ええな、知ってもらえよ」

清兵衛は徳次郎を見た。

「とにかく茜屋の縮緬はええもんやって知ってもらわなあきません」

徳次郎は中途半端に頷いた。同じ番頭の政八は、しっかりと首を縦に振った。健吉はもう考え始めている。伊助と友松は、ぼんやりしているだけだ。清兵衛は頭を捻《ひね》った。

縮緬を簞笥《たんす》にしまうと、店は始まった。しかし上物縮緬が入ったからと言って、客が格別に増えるわけでもない。そして入ってくる客に勧めても、あまりいい顔はされなかった。

「いや、そんなええもん買いに来たんちゃうんや」

「へぇ、茜屋でも、そんな縮緬売ってるんやな」

客の声はそんな感じで、ほとんど新しく入れた縮緬は動かない。

「まあ、そら、そうや」

清兵衛はひとり納得していた。

「今までどおりの茜屋やと思うて来る人からしたら、そうやろな」

清兵衛は腕を組んだ。

「どないかせんとあかん」

そんな風に帳場の後ろで考えにふけっていると、政八が近づいて来た。

「旦《だん》はん、例の小橋のことですけど、あきまへんわ」

「何や、どうしてもやらん言うんか。一体、なんで、そんな意固地なんやろな」

「分かりません。三遍会いましたけど、もう、勘弁して欲しいですわ」

「参ったのう。折角、縮緬が入って来たのにな」

清兵衛は政八を見た。

「もう一遍だけ行ってくれ。それで、あかなんだら、縁が無かったことにしようや」

「へい」

政八が頷いて、奥へ入って行く。

「まあ、まずは売ることか」

清兵衛も奥へ行こうとした時、お絹が立っていた。

「どうかしたんか」

お絹はにやにやしている。

「何や、気持ち悪いな」

「別に」

「別にって、何かあるんやろ」

「なんもあらへん」

そう言ってお絹は外へ出て行く。

「へん」

清兵衛は吐き捨てるような声を出した。

「おお、びっくりした」

いきなり、左之助が外から帰ってくる。

「何や、今日はせわしないな」

清兵衛が独り言を言うと、左之助は嬉《うれ》しそうな顔で座敷に上がって来た。懐で何かを握って手遊びしているようだ。すると、いきなり、じゃらっと言う音がして、紙包みが落ちたかと思うと、銀の小粒がいくつか畳に流れ出た。

「ああ」

左之助が慌てて、紙包みに小粒を集めて拾い上げる。

「えらい、金持ちなんやな」

清兵衛が皮肉を言うと、左之助はヘラヘラと笑う。

「そうや、金持ちやで……」

そこで左之助は急に声を高くした。

「あっ、お前、わいが、あの銀を盗んだと思うてるな。あれは板銀やろが……」

「分かってるわ。それにもう盗《と》るほど残ってへん」

言いながら、清兵衛は左之助を見た。

「そやけど、一体どこから持ってきたんや」

清兵衛は帳場をちらっと見た。左之助が顔をしかめる。

「あのな、大体、今、外から帰ったとこやろ。どうやって、帳場の金、くすねることができるんや」

「そら、そうや……お父ちゃん、まさか外で……」

「ど阿呆《あほ》、親を泥棒扱いするんか。この親不孝者が」

「でも、そんな金が道に転がってるとも思えんし」

左之助がにやりとした。

「そう思うやろ。それが、転がってたんやな」

「何やて……」

「びっくりしたやろ」

左之助は得意げだ。

「正直、わいもびっくりした。奉行所の裏手歩いてたら、落ちてたんやもん」

「また、危ないとこで」

「おお、そうや、役人がうろうろしてる道や。そこで紙包みがあってな、広げてみたら、小粒が仰山入ったあった」

「ほんまか」

清兵衛は思わず左之助の紙包みをのぞいた。左之助が包みの中を見せる。

「ああ、結構入ったあるな。あれ」

清兵衛は紙包みに顔を近づけた。

「おい。盗るなよ」

「分かってるわ。包みだけ見せてくれへんか」

清兵衛が言うと、左之助は小粒を手の平に握り、紙包みを清兵衛に渡した。

「何か書いたあるな。金林丸《きんりんがん》……打ち身、切り傷、痛み止め……薬の引き札か。ああ、そうか」

清兵衛が手を打った。

「買う薬間違えんように、金を引き札で包んだんやな」

「薬の名前は似たようなんが多いよっての。これやったら、間違うことないわな」

左之助は頷《うなず》いた。

「そやけど、こんな仰山の金出しても買いたいくらいやから、相当ええ薬なんやろうな。わいも買《こ》うとこかな。なあ、清兵衛……」

左之助はそう言って、へらへらと笑った。瞬間、清兵衛の顔が急に引き締まった。

「どないしてん」

左之助が尋ねても、しばらく清兵衛は黙ったままだ。

「おい、清兵衛、聞こえてるか」

「これや、これはいけるで」

清兵衛はひとりつぶやいた。

「えっ、何やて、お前、何言うてんねん」

「これで行こ」

清兵衛の顔がぱっと明るくなった。

「お父ちゃん、ありがとう」

「いや、いや、これは渡せんで」

左之助は小粒をぎゅっと握りしめた。清兵衛は声をあげた。

「徳次郎さん、徳次郎さん」

左之助はきょとんとしている。

「おい、清兵衛、どないしてん」

「お父ちゃん、初めて役に立ったわ」

清兵衛は顔が見えた徳次郎の方に、走って行く。

「おい……」

左之助が声を掛けたが、もう清兵衛は帳場の向こうに居る。

「……けったいなやっちゃな。ま、ええか」

左之助は握りしめた手の平を開けると、小粒を見て、にんまりした。

四、

「懐かしいな」

清兵衛は車之町の辺りを歩きながら、ひとりつぶやいていた。奉行所の周囲をぐるっと回って、もう一度その前にでる。その隣に同心屋敷があった。

「神南のぼけが住んでるところやな」

出くわすとうっとうしいので、清兵衛は足を速めた。

「大方、三年ぶりになるな」

考えてみれば、堺に戻ってからは店にかかりきりで、金策で外は歩いたが、とても景色を楽しむような時は無かった。

この辺りの建物は大きい物が多い。鉄砲鍛冶《かじ》が多数いて、鉄砲製造の為に大きめの屋敷が必要だった。種子島《たねがしま》という名前で鉄砲が入って来て以来、堺は日本一の鉄砲生産地であった。これは戦国時代から、江戸時代になっても変わることなく、平和になった江戸時代においても、鉄砲鍛冶の注文は引きも切らなかったのだ。立ち並ぶそんな鉄砲屋敷を見ながら歩いていた清兵衛は、ある屋敷の前で足を止めた。

「ここや」

清兵衛は懐かしそうな顔になった。

「すんません」

返事は無い。

「すんません」

清兵衛は少し声を大きくした。やはり、返事が無い。

「すんません」

今度は声を張り上げる。

「はい、はい」

女の声がした。

「聞こえてますよ」

声と共に、門の横にある戸が開いた。

「大きな声出さんでも……」

戸口に、くりっとした大きな目の娘が顔をのぞかせた。

「……ちゃんと聞こえてます……」

娘の声が急に止まった。

「お近ちゃん」

娘の目が更に大きくなる。

「えっ、清兵衛さん……」

「そうや、茜屋の清兵衛」

「えー、ほんまに」

お近は大声を出すと、清兵衛に近づいた。

「いやー、久しぶりやなー。何年になる」

お近は声だけでなく、腕も大きく伸ばした。

「そうやな。十年とは言わんが」

清兵衛も声が大きくなる。

「あーでも、それくらいになるかもな。ちっちゃい頃はよう遊んだのにな」

お近は愛くるしい顔に満面の笑みを浮かべている。

「おお、そうや」

「覚えてるで、肝試しした時、あたしが後ろから脅かしたら、びっくりして、ちびったやんな」

清兵衛の顔が一瞬凍りつく。

「そんなこと、あったかな……」

「あった、あった、あたし流れ出るの見たもん」

お近は嬉《うれ》しそうに笑っている。

「そやけど、嬉しいわ」

お近は清兵衛の袖《そで》を引いて喜んでいる。

「玄関でやかましい」

奥から、男の野太い声がした。

「あっ、お父ちゃんや」

お近が顔をしかめた。

「他所《よそ》に聞こえるぞ」

男の声は続く。

「さ、入って」

清兵衛はお近の言うままに入ると、座敷に通されて、およそ四半刻《しはんとき》も待たされた。

「遅いな。何、してんねん」

清兵衛が音を上げかけた頃、ようやく襖《ふすま》が開いて、男が入って来た。

——見覚えがある。お近の父親だ。

父親はまるで古武士のような風貌《ふうぼう》で、眼光は鋭く、体軀《たいく》は大柄だった。

「待たせましたな。小松伝兵衛《でんべえ》です」

伝兵衛は形ばかりに頭を下げた。

「はは」

清兵衛は頭を畳に擦《こす》りつける。鉄砲鍛冶はただの職人として扱われない。苗字《みょうじ》が許されており、武士に近い待遇だ。それゆえ、客とはいえ清兵衛がへりくだるのは当然だった。

「それで、何用ですかな」

「寄進のことで」

「ああ、渡御の」

伝兵衛の顔が緩んだ。

――こんな人でも金貰《もら》うときは機嫌がええんやな。

清兵衛は懐から、袱紗《ふくさ》を取り出すとそのまま伝兵衛の前に押しやった。伝兵衛は中を検《あらた》めもせずに、懐に入れた。

「失礼ですが……」

「ああ、申し遅れました。湯屋町で縮緬《ちりめん》を扱っております茜屋清兵衛でございます」

「茜屋……」

伝兵衛は少し考えると清兵衛に向き直った。

「左之助さんのところかな」

「ええ、息子です。代がわりしました」

「そうか、そうですか」

伝兵衛はにやりとした。

「それは、それは苦労が絶えませんな」

「は、はい」

清兵衛は頷《うなず》くしか無い。すっと襖が開いて、お近が入って来た。盆に茶を載せている。

「どうぞ」

お近が清兵衛と伝兵衛の前に茶を置いた。伝兵衛は一気にそれを呑《の》み干すと、立ちあがった。

「では、これにて」

湯飲みを持とうとした清兵衛も、慌てて立つ。

「清兵衛さんはゆっくりしていったら」

お近が言うが、伝兵衛は首を振る。

「お帰りのようだ。送ってあげなさい」

伝兵衛はそれだけ言うと、清兵衛をうながすように手を振った。

「ゆっくりして行けば……」

お近が言うが、清兵衛は首を振る。

「いや、今日のところは……」

伝兵衛は奥へ行き、清兵衛はお近と玄関までやってきた。

「また、来てや」

「うん、そうやな……でも、お父っつあんが、俺には、ええ顔せんようや」

「今、ちょうど大事な仕事受けてるからや……いつものことやて。誰にでもそうなんよ。また機嫌のええ日狙って来たらええし」

「そうやな……いや、でも、そんなん分からんし……」

「ほな、あたしが迎えに行くわ」

どこまでもお近は天真爛漫《らんまん》だ。清兵衛も笑うしかない。

「そうや、お祭があるがな」

お近が嬉しそうに切り出した。

「そのために寄進を持って来たんやから」

「そうやった。ほな、こうしょうか」

お近が微笑む。

「祭の時、また会って話しょうや」

お近が清兵衛の顔を覗《のぞ》き込む。

「そ、そやな」

「今年は鯨踊りもあるゆうし」

「何や、それ」

「鯨が捕れるための踊りや」

「そら、おもろそうやな」

「そやろ、きっとおもろいって。よう、知らんけどな」

「何や、知らんのかいな」

「そやかて、何十年ぶりにするんやから」

「ほう、それはすごいな」

お近が清兵衛の前に立った。

「ほな、約束や」

「分かった。楽しみにしてるわ」

清兵衛はそう言うと、手を挙げて、往来へと出た。

「何か、ええな」

清兵衛は独り言《ご》つと、歩き始めた。

店に戻ると健吉が駆け寄ってきた。

「旦《だん》はん、待ってました」

「なんぞあったんか」

「見事に当たりましたわ」

健吉が店の中を指す。客がいつもの倍以上いる。徳次郎、政八、伊助、友松、そしてお春までが、客の相手をしていた。

「若、お願いします」

徳次郎が叫んだので、清兵衛は慌てて待っている客の元へ走り寄った。

「いらっしゃいまし」

清兵衛は中年の男の客に声を掛けた。

「主人の清兵衛です」

「ああ、あんさんが新しい旦はんか。ええ縮緬が仰山入ったんやて」

「はい、たんと用意してます。どのようなものをお探しで」

「そやな……棒縞《ぼうじま》が欲しいな」

「承知いたしました」

清兵衛は箪笥《たんす》から、棒縞の縮緬生地をいくつか取ると、戻って客の前で転がして見せた。男が上がり框《がまち》に座り込む。

「どうでっしゃろ」

「ほう、なかなかやな」

男は感心しながら、一本一本見ていく。

「ええ、出来や。来た甲斐《かい》があったゆうもんや」

「そう言うてもうたら、嬉《うれ》しいです」

しばらく男は見ていたが、やがて藍《あい》の棒縞を指した。

「これ貰おうか」

「ありがとうございます」

清兵衛は丁寧にその生地を巻き取り始めた。

「引き札見て来たんや。良かったわ」

「ああ、引き札見てもうたんですね」

巻き終わった清兵衛は男を見た。

「ありがとうございます」

清兵衛はお辞儀すると、あとは健吉に任せた。徳次郎がそっと近づいて来る。

「若、当たりですわ」

「引き札のことやな」

「そうです。若の知恵はたいしたもんですわ」

「それを言うなら、今回はお父ちゃんの知恵や」

「はっ、先代の知恵……ですか」

徳次郎は啞然《あぜん》としている。清兵衛は笑みを見せた。

「そうや、お父ちゃんのおかげ」

徳次郎は信じられんという顔になった。

左之助が小粒を拾った話を聞いた清兵衛は、すぐに徳次郎を呼んだ。

「引き札で小粒を包んで、堺中にばらまくんや」

清兵衛の言葉に、徳次郎は最初驚いたが、すぐに首を縦に振った。

「引き札だけやったら、すぐにくしゃっとされて、紙くずや。まあ、せいぜい家に持って帰っても鼻紙の代わりまで。そやけど、金が入ってたら、紙を読むやろ。そして頷くんや、金が包んであるんや、きっと何かええ店とちゃうかって」

清兵衛の指示で、銀の小粒を包んだ引き札が、夜のうちに手分けして堺の路上にばらまかれたのだった。

「恐らくここに来てはるお客さんは引き札見た人や。そして……ほとんどの人は小粒を己の物にしてるやろ。当然、機嫌がええ。機嫌がええと、着物でも仕立てよかと思うもんや」

横で徳次郎は感心している。暖簾《のれん》が上がって、客が入って来た。

「いらっしゃいまし」

徳次郎が客のところへ飛んで行く。清兵衛は満足そうにしていた。

翌朝の集まりで、徳次郎が前日の売上を言うと、みなが大騒ぎになった。

「小粒まいた分なんか、全然かまへんな」

政八が嬉しそうに言う。

「十倍入れても、まだ儲《もう》かるがな」

健吉も大きな声を出した。しばらくはみなが興奮していたが、やがて、清兵衛が立った。

「みな、ありがとう。確かに昨日は上手《うま》いこといきました。みなのおかげや」

清兵衛は頭を下げた。そして再び頭を上げる。

「ただな、山のような借金と仰山の高級縮緬《ちりめん》を抱えてます。まだまだ、一生懸命やっていかな、あきません」

清兵衛はもう一度見回した。

「ですから、緩むことなく、この調子で、どんどん売っていきましょう」

清兵衛が言うと、みなが大きな声で返事をした。

「ほな、今日も頼みまっせ」

清兵衛が手を叩《たた》くと、みなは持ち場へと向かった。清兵衛はまずいつものように、往来へ出る。政八が一緒に出てきた。

「旦はん、小橋やっぱりあきませんでした。すんません。力がのうて」

「そうか、まあ縁がなかったんや……」

「あるって」

いつのまにか、お絹が後ろに立っている。

「何があるねん」

「小橋を連れてきたいんやろ」

お絹がにやっとした。

「あたしが連れて来たるわ」

「お前、知ってるんか」

「まあね」

それだけ言うと、お絹はすたすた行ってしまった。そして二日後、小橋が急に店へやってきた。色白の、まだ美少年という男は、来るなり、挨拶《あいさつ》もそこそこに仕立てを始めた。政八が客に尋ねている声がする。

「仕立てはどうされますか」

「もちろん、仕立て屋に持って行くで」

「それやったら、ここで仕立てて行きますか」

「えっ、仕立てもできるんかい」

「はい、小橋屋さんが奥で待ってますわ」

「ほんまか。あの小橋屋が。それはありがたいな。ほな、頼むわ」

「分かりました……おい、友松……このお客さん、奥の小橋屋さんのところへお連れして……」

友松が男を奥へと連れて行く。清兵衛は笑みをこぼした。

「しかし、一体、どうやって連れてきたんや」

清兵衛は昼餉《ひるげ》の時に、お絹に尋ねた。

「嫁さんやん、小橋屋の嫁さん、お美代《みよ》言うねん」

あの若さで所帯を持っているのは意外だった。

「その嫁がどないしてん」

「病気なんよね。ずっと寝てる。それが心配やから、家を離れられん」

「ああ、そやから、奥の離れに住まわせたら、受けてくれたんやな」

「そういうこと」

「なんで己から言えへんねん」

「口下手なんや、昔から」

「お前、知り合いか」

「まあね。色男やし」

お絹が急に笑みを作ると、清兵衛の傍に来た。

「なあ、兄さん、今度はええ働きしたやろ」

近くで見ると、お絹は目鼻立ちがくっきりしていて、なかなかの美形だとあらためて感じた。

「だから、ちょっとお小遣いあったらええねんやけど」

お絹が清兵衛を見つめる。何やら変な気がして、慌てて清兵衛は視線を外した。

「分かった、分かった。後で取りに来い」

「わ～、ほんま～、嬉《うれ》しい～」

お絹は清兵衛に抱きついた。

「おい、離れんかい」

清兵衛は真っ赤になって、お絹を離した。

朝日がまぶしいくらいに輝いている。

「今日も一日、ええ日になりますように」

清兵衛はつぶやいた。

「茜屋はん」

背後で声がした。振り向くと三浦屋が立っている。

「ああ、これは、これは……」

清兵衛は愛想の良い声を出したが、三浦屋の顔は強《こわ》ばっている。

「話があるんや」

「話って……利払いはまだですし……」

「そんなこっちゃあらへん……」

三浦屋の顔が紅潮した。

「よう、このわしを騙《だま》してくれたな」

「えっ、何のことでっしゃろ」

「何、とぼけてんねん……」

「いや、ほんまに分からないんで」

「そうか、そこまでとぼけるか」

三浦屋は清兵衛に近づいた。

「ほなら、言うたるわ……」

三浦屋の顔が鬼面のように変わった。

「あの担保な、若月やない。二束三文の半端物《もん》やった」

「えっ」

清兵衛は声をあげた。

「きっちり、落とし前つけて貰《もら》うよってな」

三浦屋の剣幕に、清兵衛は何も言えなくなった。

三章　清兵衛苦労する

一、

「この堺は昔から利休宗匠はじめ、目利きが出る所でな」

三浦屋はものすごい形相のまま、しゃべる。

「偽物を見抜くくらい、朝飯前いうんが大勢おるんや」

三浦屋はそう言って、清兵衛をにらみつけた。店先で若月の偽物をつかまされたと怒鳴る三浦屋をなだめて、清兵衛は以前に銀を受け取った部屋へと案内していた。

「いや、そんなこと言われても、あれは正真正銘、若月です」

清兵衛が反論するが、まるで三浦屋は相手にしていない。

「ほう、あんさん、ああいう物の真贋《しんがん》が分かるんか」

「いや、それは……まあ……」

「何や、分かりもせんで、言うてるんか」

三浦屋の言葉が強くなる。

「そないに、言わんでも」

横合いから徳次郎が三浦屋をたしなめた。

「番頭はん、ほなら、あんたは目利きなんか」

「いや、そうやおまへんけど」

「ほなら、口出し無用や」

三浦屋の勢いに徳次郎は口を閉じた。代わりに清兵衛が三浦屋に向かう。

「そやけど、それ言うなら、三浦屋さんかて、素人でっしゃろ」

「言うに事欠いて何を言いさらすんじゃ。あのなあ、わしは元々質屋やったんや、大概のもんには、目も鼻も利くんじゃ」

清兵衛も負けていられない。

「その割には、前は若月を見て、嬉しそうに押し頂いて、これはええなあとか言うて、大事に大事に持ち帰ったやないですか」

「えっ、まあ……それは……その……あれやがな」

「あれって何ですかいな」

「いや、そやから、あの時は急いでたしやな……」

「そうでしたっけ」

清兵衛が少し盛り返す。

「大体、何を根拠に偽物や言いはるんですか」

そこで清兵衛はわざと声を張り上げた。

「ええ加減なこと言われたら、それこそこっちも信用に関わりますさかい」

しかし三浦屋も引かない。

「九間町《くけんちょう》の明伯宗匠、知ってるわな」

「はて、聞いたことおまへんな」

三浦屋が見下したような目をした。

「これやから、若い衆はあかんねん。風流ちゅうもんを解さへん」

かちんときて清兵衛は言い返す。

「誰ですねん」

「堺一の茶人や。今利休と言われてるお人や」

三浦屋は勝ち誇ったような顔をした。

「その割には無名でんな」

清兵衛はわざと話にならんという顔をした。三浦屋の目が鋭くなる。

「何やと、己の物知らんのを棚に上げて」

「知らんもんは知りません」

「しょうもない洒落《しゃれ》みたいなこと言うな」

「いや、これはすんません。そやけど、もうちょっと気の利いたこと言うて貰わなあきませんわ……近頃は、何かと言うたら、すぐに今何とかや」

清兵衛は手を振った。

「立身出世したら今太閤《いまたいこう》、強いお人がおると、今武蔵《むさし》、美人がおったら今小町《こまち》、堺中にごろごろおって、ええ加減にして欲しいですわ」

「そういう連中とはちゃう。明伯宗匠は本物の茶人や」

「知りまへんな……」

清兵衛が言うと、横で徳次郎が首を振った。

「若、明伯様は高名です。茶の湯の神様みたいな方でして」

三浦屋の顔が再び明るくなった。

「さすが番頭さんは、物を知ってはる」

清兵衛はため息を吐いた。三浦屋の目が再び鋭くなった。

「わしはその明伯宗匠の弟子でな。茶を習《なろ》うてる。で、この間、宗匠がわしの家まで来てわざわざ茶を点《た》ててくださった。その時に、話の種にとお見せしたんや」

――どうせ、己の物になったつもりで、見せびらかしたんやろ。

清兵衛はそう思いながら、穏やかな顔で頷《うなず》いた。

「それで、どないなりました」

「どないもこないもあるかい。明伯宗匠は手に持つや、首を振りなさった。これは若月やない。その辺で売ってる安物と変わらんと言われた」

三浦屋の顔が真っ赤になる。

「何遍聞き直しても、宗匠の言葉は変わらん。おまはん、騙《だま》されたようやなと言われたんじゃ」

清兵衛は黙っている。徳次郎が口を開いた。

「それは……誠のことで……」

「こんなこと、洒落や冗談で、言えるかい」

徳次郎が清兵衛を見た。

「若、どないしましょ」

清兵衛は三浦屋を見た。

「くどいようですが、その何とか言う方の間違いということはおませんか」

「さっきも言うたはずや、堺で一番の目利きの言葉や。奉行所に出ても、信用されるはずや」

三浦屋の声が居丈高になる。

「どうですか。茜屋はん。それでも、白切るつもりですかいな」

「白切るって、まるで騙したみたいな言い方……」

「みたいなやない。騙したんや」

三浦屋は大声で叫んだ。清兵衛も負けていない。

「ちょっと待って下さいよ。箱は見ましたか」

「何の箱や」

「若月を入れたある箱に決まってますがな。あれにきちんと、正真正銘である書付けと印が入ってましたがな」

「ああ、確かに、宗匠もそう言われてたわ。うん、この箱だけは本物やって」

「箱だけって」

「箱はほんまもの、中身は偽物。手の込んだ騙し方やって」

「何やと」

立とうとした清兵衛を徳次郎が押さえる。三浦屋が決まり悪そうに、空咳《からぜき》をした。

「それで、貸し金のことですが……全額直ちに返金してもらいましょ」

「ちょ、ちょっと待ってください」

清兵衛は三浦屋の方へ前のめりになった。

「あんさんも金貸しやったら、分かるでしょう。入り用があったから借りたんです。……あの百貫はほとんど仕入れの為に使ってしもうて……」

「普段はそうや。貸した金をすぐに返せなんて言いまへん。でも、騙された時は別ですわ」

「だから偽物じゃないって……」

「偽物です」

三浦屋は冷たい声を出した。

「百貫に詫《わ》び料を乗せてもらいます。相場から言うて、五掛けで、五十貫。締めて百五十貫すぐに返して貰《もら》いましょ」

「そんな……無茶苦茶やないか」

さすがに清兵衛は青くなる。しかし三浦屋は相手にしない。

「もちろん担保は意味が無い。そやさかい、金ができなんだら、店貰うしかおませんな……まあ、百五十貫の値打ちがあるとは思えんけど」

「な、何を」

清兵衛は再び立ちあがって、つかみかかろうとした。

「若、あきません」

徳次郎が何とか押さえる。三浦屋はもう立ちあがっている。

「まあ、そうは言うても、あんさんも都合があるやろから。わたしも鬼やない」

三浦屋の冷たい目が清兵衛に向いた。

「ええでしょ。そやな、も少ししたら、祭がある。そこは気分よう迎えたいんで、その前の日、つまり六月の晦日《みそか》の前日、二十九日までは待ちましょ」

「そんな、あと、十日しかないやないか」

「十日もあると言うてくれ。騙《かた》りには勿体《もったい》ないくらいの時や」

三浦屋はそう言い放った。清兵衛がその腕を取る。

「ちょっと、待ってください。あの若月が偽物やなんて知りまへんでした。いや、今でも、本物や思うてます。だから、そんな無茶を言われても……」

廊下を走ってくる音がした。

「旦《だん》はん、大番頭はん」

健吉が廊下に立っている。

「えらい店が混んで来ましたねん。早いとこ頼みます」

「あ、分かった。すぐ行く」

「商売繁盛、結構なこっちゃ」

三浦屋が皮肉な声を出す。

「そやけど、頑張って稼がんと、払いに追いつかんで」

「三浦屋さん、そんなこと言わんと……」

「ああ、二十九日には、明伯宗匠に書き付け貰うてきます。これは偽物やという書き付けを。それでもちろん、その日に偽壺《にせつぼ》は返しますよって」

三浦屋は座敷を出ようとしたが振り返った。

「あっ、そや。箱は本物ちゅう書き付けも貰うときましょか」

清兵衛は鬼のような形相になった。

「いらんようですな」

「三浦屋さん」

三浦屋は清兵衛の声を相手にせず歩いて行く。

「おい、三浦屋、待て言うとるやろ」

清兵衛が後ろから三浦屋の背中に飛びかかろうとするのを、徳次郎が押さえた。

「若、あきません。手なんか出したら、それこそ、一巻の終わりや」

三浦屋は廊下を歩いて出て行った。清兵衛はそれでもしばらく徳次郎の腕につかまれたままもがいていたが、やがてその場にへたり込んだ。

「はあ」

大きくため息をつくと、徳次郎を見た。

「徳次郎さん、すんません」

「若、大丈夫でっか」

「大丈夫なわけないやろ」

清兵衛は首を振った。

「しかし、どういうことやねん。さっぱり意味がわからへん」

「わてもですわ」

徳次郎も同じように首を振る。

「十日ある。何とかせなあかん」

「何かええ知恵おますか」

「あるわけないやろ」

ふたりは顔を見合わせた。

「とにかく、店へ戻ろ。健吉も慌ててたし。それに三浦屋の言うことにも一理ある」

「何ですか」

「頑張って稼がんと、払いに追いつかん」

清兵衛と徳次郎は廊下に出て、店へと急いだ。


「また、けったいなこと言いおんな」

左之助が大袈裟《おおげさ》に声をあげた。

「俺も聞いてて意味が分からんかった」

清兵衛はそう言って、隣の徳次郎を見た。

「はい、ただ、ただ、びっくりするだけでして」

徳次郎は左之助を見た。

「しかし、わても長いこと商いしてますけど、こういう場合の詫び料が五掛けとは初耳ですわ」

「そんなもん、聞いたことないわ」

左之助は大きく首を振った。夕飯後、帳場で三人が今朝の件を話している。

「そんなもん、相手にすな。無視せえ」

左之助が言うと、清兵衛が苦い顔をした。

「そういうわけにはいかんのや。なんせ、こっちは金借りてる方やから」

「そやから、ええんやないか。返せへんかったら、困るのは向こうやないけ」

「でも、返さんと、店取るとか、ほざいてるんやぞ」

「何やと、たかが端金《はしたがね》貸したくらいで何様のつもりじゃ」

左之助はやたら強気だ。

「金貸し様のつもりなんやろな」

清兵衛が冷めた声を出す。

「それに百貫は端金とは言わん」

清兵衛はそう言うと、左之助を見た。

「お父ちゃん、一応、確かめとくけど、あの若月は本物なんやな」

「当たり前やろ。お前も見たやろ。まあ、物を見る目はのうても、あの箱に書いてあった今井様のお名前と印、他にもいろんな人の手があったやないけ」

「箱は間違いないらしい。そのなんちゃら言う宗匠も言うたらしいから。問題は若月本体や。何でそのなんちゃらは偽と思うたんやろ」

「そんなもん、言われても知るかい。大体、あれはわいの親父、つまりお前のおじいちゃんが、今井宗久様から譲り受けたもんやって、何遍も言うたやろ」

左之助はまくしたてると立ちあがった。

「大体な、後から偽物やったからあかんなんて阿呆《あほ》な話、聞いたことないわ。一旦《いったん》、担保として受け取ったら、もう、それで認めたちゅうことや。それまでやないけ」

左之助は憤慨したような声を出すと奥へと入って行く。清兵衛は腕を組んだ。

「珍しく親父の言うてるのも筋は筋や」

「確かに」

徳次郎も頷《うなず》く。

「でも、若、これから、実際、どうしましょ」

「もうちょっと考えてみる。徳次郎さん、今日も忙しかった。休んでください」

そう言うと、清兵衛も立ちあがって奥へ向かった。

線香の匂いがする中、チーンという鐘の音が流れる。

「おじいちゃん、六右衛門おじいちゃん」

巨大な仏壇の前で手を合わせながら、清兵衛は祖父の名前を呼んだ。

しばらくして、六右衛門の声がした。

「清兵衛か」

「ああ、おじいちゃん」

清兵衛は笑みをこぼした。

「店《たな》の方、繁盛してきたな。良かった、良かった」

「ありがとう。まあ、何とか、調子が出てきたみたいや」

「何よりの話や」

六右衛門の声が少し震えた。姿の見えない相手に清兵衛は声を掛ける。

「実はちょっと聞きたいことがあってな」

「若月のことやな」

「おじいちゃん、何で分かってん」

「当たり前や。朝から、大声で怒鳴っとるし、さっきも帳場で、左之助と話してたやないか」

「聞こえたんか」

「死人に口あり、耳もありや」

「ほな、話が早い。その若月やけど、ほんまに値打ちのある物《もん》やったんか」

「ははあん、清兵衛、お前、わしが手に入れた時から、値打ちの無い物やったと勘ぐってるな」

清兵衛は、ばつが悪そうな顔をした。

「あっ、すまんな。おじいちゃんが悪いって言うてんやない。ただ、親父や徳次郎さんが勝手に家宝にして、勝手にえらい高いもんみたいに思い込んだんやないかと思うて……」

「ははは、それはちゃうな。若月は間違いのう天下に聞こえる名器や、と言うんは言い過ぎやけど、かなりの物なのは間違い無い。譲ってもらう時に、そう言われたからな」

「今井宗久様」

「おお、よう知ってるな」

「堺の衆で知らんもんはおらんやろ」

「まあな。まだ若かったわしに宗久様は譲ってくれた。金なんかいらん言うてな」

「火事の時やろ」

「ああ、そうや。堺が大火事になったことがあってな。ちょうど、宗久様がもう亡くなるちょっと前のことや。わしに言うたんや。また何かあった時は、この壺《つぼ》はお前が守るんやで言うて」

「そら、また、豪儀やな」

「ああ、堺で一番豪儀なお方や」

「そんな人が守っていけ言うてるんやから、やっぱり値打物なんやろな」

「清兵衛、最前からそれは言うてるやろ。少なくとも百貫なんかじゃ、市は立たん」

「なんや、おじいちゃん、借金のことも知ってるんか」

「それもさっき言うたやろ。この家のことは、何でも知ってるって」

清兵衛は苦笑した。

「なら、三浦屋の言うてることは、どういうことなんやろ。偽物って、意味が分からん。明伯なんていうおっちゃんなんか知らん言うねん」

「はは、清兵衛、それはお前があかん。明伯言うんは、なかなかの茶人や」

「そやけど三浦屋に金でもつかまされて嘘八百並べてんのちゃうかな」

「それは考えにくいな。明伯は堺でも立派な人物で通ってる。それにな、目利きなんちゅうのは、万が一金もろて嘘ついたなんて知れたら、今までの積み上げたもん、全部無くすからな。そんな危ない橋は渡らへん」

「でも、今回だけ、渡ったかもしれんで」

「まあ、それも無いとは言えんが、もっとありそうなことから疑《うたご》うた方がええ」

「ありそうなことって」

清兵衛は見えない六右衛門を、探すように周囲を見回した。しかし、目に入るのは、清兵衛の背丈ほどもある仏壇とそこへ灯《とも》された灯明、それに線香から立ち上る煙だけだ。ようやく六右衛門の声がした。

「もしやで、もし、明伯の見立てが正しいとしたら、どないなる」

「どないなるって。うちにあった若月が偽物やったいうことになるわな。あっ、何や、やっぱり今井宗久様から貰《もろ》うたんは偽物けぇ」

「そやから、それは無いと、さっきもはっきり言うたやろ」

「でも、そしたら、どういうことやねん……」

「まあ、考えてみいや」

「考えるも何も、おじいちゃんが貰うた本物の若月が、蔵に置いてある何十年かの間に偽物になってた、ちゅうことになる……」

清兵衛は深いため息をもらした。

「……蔵の中で、本物が偽物に入れ替わるなんて……そんなことあるわけない……」

言いながら、清兵衛は、はっと思い当たった。

「いや、あったかも」

清兵衛の頭の中が急にぐるぐる回転する。

「それで、あの親父、出し渋ったんか」

「そう、お前の思うたとおりや、清兵衛」

六右衛門の声がする。

「おじいちゃん、ありがとう……」

清兵衛は言うなり、立ちあがると仏間から出て行く。

「あんまり無理すなよ」

六右衛門の声が後ろで響いた。


「何や、こんな、遅うに。今、何時《なんどき》や思うてんねん」

腰を下ろすなり、左之助は眠たそうに目をこすった。

「すまん、すまん」

清兵衛が頭を下げる。

「ああ、遅れまして、すんません」

徳次郎が慌てて帳場に入ってきた。

「いや、こんな遅うにおこしてしもて、すみません」

清兵衛は徳次郎に謝る。

「そやけど、どうしても、はっきりさせたいことがあってな」

清兵衛はそう言って、左之助を見た。

「さっきまでの話やけどな」

「借金のことか」

「そうや、まあ正しくはその担保の若月のことや。さっきも言うたように、三浦屋から偽物や言われてる」

「そやから、そんな阿呆《あほ》な話、真に受けてどないすんねん。怒鳴りつけたれ」

左之助は威勢のいい言葉を吐いた。

「それで上手《うま》いこといくんやったら、なんぼでも、怒鳴る……けどな、明伯言うんは、目利き中の目利きや。怒鳴ろうがなにしょうが、偽は偽と言うやろ」

左之助は不満そうに聞いている。清兵衛の言葉は続く。

「偽物やと断言されたら、さっきも言うたようにうちは終わりや。店《たな》は取られて、それでもなんぼか借金が残る。俺らも、奉公人も、どないもならんようになる……」

清兵衛は左之助を見た。

「洒落《しゃれ》でもなんでものうて、一家心中や」

左之助の目に怯《おび》えが見えた。

「そこで、お父ちゃん、もう一遍聞くけどな」

清兵衛は左之助を見据えた。

「あの若月は、おじいちゃんが貰うた物に相違ないか」

清兵衛の目が厳しくなった。

「はあ、何が言いたいねん。若月は若月、紛れもないほんまもんやがな……」

言いながら、左之助の目が一瞬泳いだことを清兵衛は見逃さない。

「おじいちゃんに誓って言えるか」

「い、言えるわ」

清兵衛は左之助をにらんだ。

「お父ちゃん、ここは一番大事なとこや。もしここで嘘言うたら、俺ら三浦屋に店取られて行くとこ無《の》うなって、首吊《つ》って、チーンなんやぞ」

清兵衛の声が迫力を増した。

「わ、若、一体、何が言いたいんですか」

徳次郎が心配そうに声を掛けるが、清兵衛は全く見向きもせず、ずっと左之助に目を向けたままだ。

「お父ちゃん」

清兵衛はもの凄《すご》い目をしている。

「ここで、今言うてくれたら、知恵が出て店は取られんですむかもしれん……そやけど、本物や、本物やと言い続けて、それが嘘やってみ……俺ら、みな、首……」

「わ、分かった。分かった。もう、首吊る話はええ。縁起でもない」

左之助は己の首を触っている。

「ほな、やっぱり」

「ああ、そうや。あれは偽物、夜店で十文かそこらで買《こ》うたもんや」

左之助はふて腐れたような声を出すと、煙草盆を手近に引き寄せた。

「さあ、これで、清々したか。わいが悪もんじゃ」

左之助は開き直ったような態度で、煙管《キセル》に煙草を詰めていく。

「やっぱりか」

清兵衛の顔がみるみる鬼のような形相になっていく。

「どこまで、阿呆なことしたら、気が済むねん」

「ふん」

左之助は煙管をくわえて横を向いた。清兵衛は詰め寄る。

「今度のことも、どうも、おかしいと思うてた。担保に出すのに、家宝や何や言うて、いつもと違うてえらいこだわってなかなか、うんと言わんかったからな……」

「おお、そうか。そら、良かったのう、お前の思うたとおりや」

「とっくに売り飛ばしてたんやな」

「今頃分かったんか」

左之助は煙管をくわえると、ぷかっと火を点《つ》ける。徳次郎は呆然《ぼうぜん》として口をあんぐり開いたままでいる。

「どんだけ、人に迷惑掛けたら、気が済むんじゃ」

清兵衛は伸び上がると、座ったままの左之助の襟をつかんだ。

「あっ、若、あきまへん」

徳次郎が止めるが、清兵衛はそれを後ろへ押しのけた。

「うわっ」

たまらず徳次郎が後ろへ転がる。清兵衛は構わず、左之助の着物をつかみ直すと畳へ倒した。

「この、阿呆」

清兵衛は拳《こぶし》を固めた。

「大概にしとけ」

言いながら清兵衛が拳を振り上げた時、左之助は倒れたまま叫んだ。

「お前と同じや」

清兵衛は腕を止めた。

「何やと、何が同じや」

「わいもお前と同じこと考えたっちゅうんや」

「言うてる意味が分からん」

そこへようやく起き上がった徳次郎が、清兵衛の肩を叩《たた》いた。

「若、あきまへん」

徳次郎の言葉に、清兵衛は後ろへ下がる。徳次郎は左之助を起き上がらせた。左之助は襟を直して、清兵衛に向き直る。

「わいも、借金の為に使《つこ》うたんや。お前と同じや……」

左之助は煙管をくわえ直した。

「親父が死んでわいが継いだ後は、どんどん、店が傾いて行きおった。それは、よう知ってるやろ。初めは親父の蓄えがあったから、なんとか、なったけどな、そのうちそれも寂しいなっていったんや。それでな、何とか立て直さなあかんと思うた」

清兵衛は黙って聞いている。

「それにはまとまった金が欲しいてな。しゃあないから、若月売って金に換えたんじゃ……お前と変わりゃせんやろ」

「いつのことや」

「五年、いや、もっと前やったか」

「なんぼになった」

「それは……」

「ええから言え」

口ごもる左之助を清兵衛は一喝した。左之助は仕方なさそうに口を開く。

「二十貫ほどかの。今、思うたら、足元見られたたな」

「何に使うたんや」

「何ぞ、流行《はやり》の柄物でも仕入れようと思うてたんやけどな……」

「けど、どうしてん」

「仕入れの前に、それこそ飯代やら、つけやら、借金やら払《はろ》うてるうちに、なくなってまいおったわ」

「要は無駄に使うてしもたんやろ」

「無駄ではないわい。しばらくは借金もせんで済んだしな」

清兵衛は呆《あき》れかえるしかない。そのまま、徳次郎の方を見た。

「徳次郎さんは知らなかったんで」

「へえ、全く」

「そら、そうや。全部、わいが黙ってやったからな。徳次郎は関わりないで」

「ほなら、柄物仕入れるなんてのも嘘やろ」

「ほんまのことじゃ」

「そんなもん、ほんまのことなら、お父ちゃんひとりでできるはずない。徳次郎さんが知ってるはずや。どうせ商いに金使わんと、己の懐に入れたな」

清兵衛は左之助を見た。

「それで分かった。俺が戻って、小遣いも渡してないのに、夜中に呑《の》みに行ったりできてるんは、その金のせいやな。まだ残ってるんか」

「何言うてんねん……そんなもん、あるかいな」

左之助の顔が強張《こわば》る。清兵衛は頷《うなず》いた。

「図星やな。綺麗《きれい》な話で同情でも買おうと思うたかもしれんけど、そんな話は似合わんのじゃ。お父ちゃんのことや、どうせ、もうほとんど使いきってんねやろ」

「それが悪いか。親父から受け継いだもんを、己が使うてどこが悪い」

「おじいちゃんは、そんなことの為に若月を残したんとちゃうぞ」

再び清兵衛は左之助に近づいたが、徳次郎が中に入る。清兵衛は徳次郎を見た。

「聞いたとおりですわ。ほんまに情けない」

徳次郎も苦渋の顔だ。左之助だけは、秘密をぶちまけたこともあってか、清々した顔つきになっている。

「三浦屋は何も悪くない。悪いのはこっち。そういうことに、決まったわ」

清兵衛は誰に言うともなく、つぶやいた。

「これで、茜屋は終わりや。十日以内に百五十貫なんか払えるはずあらへん」

「仕入れた縮緬《ちりめん》を急いで金に換えてみましょうか」

徳次郎が言ったが、清兵衛は首を振った。

「それは元値よりかなり安うしか売れん。それに元々百貫しか借りてのうて、そこから買《こ》うた縮緬や、どう考えても、百五十貫にはならん……」

清兵衛は恨めしそうに左之助を見た。

「どもならんな。お父ちゃん、店《たな》は終わりや、覚悟しといて」

清兵衛は静かに言うと、立ちあがろうとした。

「どこ行くねん」

「寝るわ。もう話してもしゃあない」

「何や、嘘かいな」

「はあ、嘘つきは、お前やろ」

「親に向かってお前って。まあ、それはええ……そやけど、こんな大事な時に嘘はつくな」

「そやから、何のこっちゃ」

「何のこっちゃって、さっき言うたやないけ。今言うてくれたら、店は取られんですむ、って」

「えっ、いや、それは……」

「しらばくれんなよ。わいは聞いたからな。あれはでまかせか」

急に左之助の声が大きくなった。

「いや、そうやないけど……」

「ほな、何や……」

今度は左之助に勢いがつき、清兵衛は何も返せない。

「ええか、お前がそう言うから、わいはほんまのこと言うたんや。店が取られんで済む言うたから。それが、何や、もう店は終わりやって。話が違うやないか」

「そんなこと言われても、どうしようもない」

左之助が呆れ顔になる。

「それ、何やねん。わいも大概嘘つきやけど、そのわいを騙《だま》すんやから、もっと嘘つきやんけ」

清兵衛は何も言えない。

「そんなんやったら、ほんまのこと言わへんかったわ。あくまで本物の若月やって、突っ張ってたわ。その方がまだ望みがあったかも知れん……あーあ、損した……」

左之助は煙管《キセル》をくわえた。清兵衛も再び腰を下ろす。徳次郎がふたりを交互に見ている。しばらく沈黙が流れた。やがて最初に声をあげたのは左之助だ。

「何や、黙ったままかいな」

左之助は清兵衛をにらんだ。

「知恵出して何とかする言うたんやろ。たやすう、諦《あきら》めんといてくれんか」

清兵衛は絞り出すような声をあげた。

「そやけど、若月が偽物やとなったら、もう勝てる見込みはあらへん」

清兵衛はそう言って、左之助を見た。

「そやろ。そやから、わいは言いたなかったんや。ほんまのこと知らん方が良かったんや」

「はあ、何やて」

清兵衛は目を剝《む》いた。左之助は真面目な顔だ。

「わいに考えがある」

清兵衛と徳次郎の目が、同時に左之助に向いた。左之助は煙管片手にふたりを見返す。

「さっきのわいの話は忘れるんや」

「どないしたら忘れられるねん」

清兵衛が言うと、左之助は煙管で清兵衛を指した。

「それは、おどれが考えるこっちゃ。とにかく、さっきの話はなしで、あの若月は本物やとする」

「あのな、お父ちゃん、もう夜遅いねん。訳の分からんこと言うて、ちょけてる間は無いねん」

左之助の声が大きくなった。

「わいは大真面目や。お前、今言うたやろ。若月が偽物やったら、勝てるはずないって。裏を返せば、本物やったら、勝てるかもしれん。そういうこっちゃ」

「そら、本物やったら、こっちに落ち度はない。約束どおりの借金に戻るはずや」

「ほれ、みてみい。やっぱり、あの若月は、ほんまもんちゅうことで行こ」

左之助は嬉《うれ》しそうに頷いた。清兵衛は気のない返事をした。

「行こって、たやすうに言うけど、明伯宗匠ちゅう大物がおるんやぞ。そんなもん、通るかい」

「そうです。相手が悪すぎます」

徳次郎も横で頷いた。しかし左之助はへらへらとしている。

「そのことについては、わいにちょっと知恵があんねん」

清兵衛は疑わしそうに見た。

「偽物を本物にできるんか」

「そうや、ここ使うんや」

左之助は頭を指した。

「どうせ、碌《ろく》なことやないやろ」

「それは分からんで」

左之助は清兵衛を見た。

「お前の見立てではどうせ店は取られるんやろ。それやったら、あかんで元々、わいに任してみ」

左之助は、にやりとした。

二、

「今日も仰山お客さんが来てくれました」

徳次郎は大福帳を捲《めく》りながら、嬉しそうに言った。

「飯も食べんで、ずっとお客さんの相手してました」

健吉が自慢そうな顔をする。

「そんで、半分逃がしたやろ」

政八が健吉をからかう。

「何、言いますねん。何も買わんかったんは二、三人だけ。しかも、それも、銭の算段つけてまた来る言うてました」

「お客が逃げる時は、みなそう言うがな」

「今日のお人はそんなんやありません。ほんまに銭を用意してきますわ」

「ほう、えらい自信やな」

「ええ、自信あります」

「よっしゃ、賭《か》けしょうか。三日のうちに誰も来《け》えへんかったら、わいの勝ちゅうことで」

政八が言うと、健吉は首を振った。

「三日は……ちょっと早すぎます……」

「そうかな……ほな、五日……」

「いや、それも……」

「どこまで延ばすねん……あっ、そしたら、祭まで。あと十日ほどや」

政八が言うと、清兵衛がたしなめた。

「政八、阿呆《あほ》なことすな。お客さんが来るの来んので賭けしてどないするんや。お客さんの耳にはいってみい」

「すんません」

政八は頭を下げながら、健吉を見た。

「みてみ、怒られたやろ」

「政八さんが言い出したんやろ」

健吉はむっとして言い返した。清兵衛はやりとりを聞きながら、昨日の左之助の話を思い出していた。

——祭までか。こっちも賭けみたいなもんや。

「若、お願いします」

徳次郎の声に、清兵衛はみなの方を見た。

「ほんまに、今日は千客万来やった。売上も俺の代になってからは、一番上がったようや。礼を言うで」

徳次郎が大福帳をみなに見せる。

「おお」

「ごっついな」

政八が手を叩《たた》き、伊助や友松が声をあげた。

「先代から合わせても、一番ちゃうんですか」

健吉が真面目な顔で言うと、徳次郎が頭を叩いた。

「ぼけ、余計なこと言うな」

「痛っ、すんまへん」

健吉が頭を撫《な》でている。

「それで、今日はこれで何か旨《うま》いもんでも食べてきいや」

清兵衛が幾ばくかの金を懐から取り出した。いつもの清兵衛らしからぬ言葉に、みなが驚いている。

「ほんまでっか」

政八が疑わしそうな目をした。

「おまえら、俺のこと、どんな風に思うてんねん」

「いや、そやけど、まさか、こんなこと……」

「阿呆、たまには主人らしいこともしたいからな」

清兵衛はみなを見た。

「ぱーっとやってきいや」

「へぃ」

政八、健吉、伊助、友松は、一斉にそう返事をすると、裏口へと向かった。

「徳次郎さんは」

「ああ、わてはかましまへん。それより、ちょっとお話がありまして」

徳次郎は清兵衛の前に腰を下ろした。

「このところの商い、もう信じられんくらい、上手《うま》いこと行ってます。あの三浦屋の言葉やないけど、ほんま、このままいったら、今年の終わりには百貫くらい貯めるの別に無理やないくらいの勢いですわ」

「まあ、店《たな》は確かにうまくいってるけどな」

「それで、これだけ商いが上手いことといったことがほとんど無いんで、言いにくいんですが」

徳次郎が声を落とした。

「この人気いつまで続くことやら、正直そう思うてますねん」

清兵衛は黙っている。

「引き札に金を入れた策はそら大したもんでした。そやけど、次も、そうそう上手いことといくとは、正直思えません」

「そやろな」

「それで、今は新しく仕入れた上物の縮緬《ちりめん》が売れてますやろ」

徳次郎が頭を搔《か》く。

「実は、今度のことがあるまで、わては安い方が売れると思うてました。でも縮緬は、値よりも物が大事なんやと。見合う値やったら、高《たこ》うても買《こ》うてくれるお人がおると知りました」

徳次郎の声に熱がこもる。

「そこでわて、思いましてん。もっと上物、一番ええ縮緬を仕入れたらどやろかと」

「一番ええ縮緬、でっか」

「ええそうです。堺一、いや、日本一の縮緬を売り出すんです」

「そら、またでかいこと言うけど、一体、そんな日の本一の縮緬なんて、どこで手に入りますんや。西陣でっか」

「いや、いや、そんな遠いとこちゃいます」

「大坂の熊田屋はんに頼むんでっか」

「いえ、あの時はありがたいことでしたけど、いつまでも大坂まで買い付けに行くわけにいきません。それに、堺は大坂よりも縮緬では古いんです」

「そやけど、その堺の縮緬を売ってくれんかったから、大坂へ行ったんやないか」

「そやから、それは前の茜屋のこと。今これだけ売れてることは、堺の衆はみな知ってるはずです。言えばまた取引できます」

清兵衛は受けた冷たい仕打ちを思い出していた。

「そうかな」

「間違いありません。商売人なんて、調子がようなったら、手の平返しますさかい」

「ほな、前行ったところから仕入れるんでっか」

「いや、それが違いますねん」

徳次郎が声を再び落とした。

「堺から南に行ってすぐの大鳥《おおとり》明神の辺りにおるんですわ。日本一の名人が」

徳次郎がにやりとした。

「もうかなり前からおりましてな。今まで、安い物ばっかり扱《あつこ》うてきたうちとは関わりなかったんですが、今ならと思いまして」

徳次郎の声が自然と大きくなる。

「そら、すごいもん織りまっせ。しかも染め職人の弟がまた、ええ色だしましてな。一度見てみまへんか」

「そやな」

清兵衛は腕を組んだ。

「俺も思うてた。いつまでも、こんな風にはいかんと。上手いこと行ってるうちに、次を考えとかんとあかんって」

「へぇ、そうしまひょ」

そこで清兵衛が苦笑した。

「でも、徳次郎さん、先のことなんかよう考えられるな。十日後にはこの茜屋はないかもしれんのやで、それやのに……」

「ああ、そうでしたな。ただ……なんや、先代が上手いことやってくれそうな予感がします」

「そうかなぁ」

清兵衛は首を捻《ひね》った。

「俺はお父ちゃん、まるで、信用してない」

「それは、わても同じです。ただ……たまにええこと言いまんねん。十二年に一遍くらい」

「ひとまわりしてるがな」

「ええ、そろそろかなと思うて……」

清兵衛は思わず吹き出した。徳次郎も笑い出す。

「ははは」

「はははあ」

「まあ、この数日中にはお父ちゃんの策は聞ける。それを聞いてからや」

「あかなんだら、どうしましょ」

徳次郎が心配そうな声を出すと、清兵衛は静かに答えた。

「店の今の調子を言うて、損はさせんと三浦屋はんを説くしかない」

そこで清兵衛は話を戻した。

「しかし、その日本一の縮緬話、もしやるとして、伝手《つて》はあるんか」

「明神下の甚五郎《じんごろう》と勘十郎《かんじゅうろう》言うて、まあ、気難しいじいさんふたりなんですけど。わても、名前だけであとはほとんど知りません」

「そこからやな」

清兵衛は天井を仰いだ。

「明神下の甚五郎と勘十郎……か」

「何の話」

いきなり土間に声が響いた。

「ああ、とうはん。お帰りやす」

徳次郎が言うと、お絹が上がって来た。

「何の話してたん」

「お前には関わりないいって」

清兵衛がいつもの調子で言うとお絹の顔が綻《ほころ》んだ。

「そら、分からんで。前の小橋屋のこともあるし」

お絹は言葉を続ける。

「今、言うてたやろ。甚五郎って」

お絹は急に話を変えた。

「さっき外で政八から、聞いたで。兄はん、みなに金渡したんやてな」

お絹が満面の笑みを見せた。

「あたしにもくれたら、ええこと教えたるで」

お絹が手の平を差し出した。清兵衛は舌打ちをした。

「あれはな、ほんまにこのところ、皆、頑張ってくれてるさかい、ねぎらいのつもりで渡したんや。ええことって何や」

お絹が切れ長の目で清兵衛を見た。

「あたしもな。明神下におってん。甚五郎のじいちゃんやったら、よう知ってるで」

「近所やったら、そやろな」

清兵衛は気のない返事をする。お絹は話を続けた。

「今聞いてたら、縮緬《ちりめん》頼むんやってな。名人やし。けど、あのじいちゃん、とにかくとっつき悪うてな。朝、会《お》うて、おはよう言うやろ。そしたら、何て言うと思う」

「知るか」

清兵衛が言うと、お絹は年寄りの声真似をした。

「ちょっとも早ない……まあ、偏屈言うか、何言うか」

「ほんで、何が言いたいねん」

「あたしな、結構仲ええねん」

「何を言うかと思たら、そんなことか。あのな、商売の伝手なんちゅうのは、ただ近所におるとかではあかんのや。逆にお前のこと向こうもよう知ってるやろ」

「そうや。ああ、あの別嬪《べっぴん》のお絹ちゃんかってなるわ」

「で、ああ、あの子は前から信用できんかったなって言われたら、どないすんねん」

お絹の目が鋭くなる。

「あっ、ひどい。折角助けたろう思うたのに……」

お絹の声が大きくなる。

「あっ、そうや、えらいことになってんやてな。今月末で店潰《たなつぶ》れるかもしれへんって、聞いたで」

「誰が言うたんや。政八か」

清兵衛が怒鳴りつけた。

「わ〜、怖っ。怒ってる……お父ちゃんが教えてくれたわ」

「あの、阿呆《あほ》」

清兵衛は思わず声をあげていた。

「それやったら、甚五郎のじいちゃんの話も何もないな」

「やかましい。お前はお前の仕事だけしとれ」

「お前、お前って偉そうに言うんも月末までかもな」

お絹は舌を出して奥へと走って行く。

「ほんまに、あの親父は。腹立つわ」

清兵衛が言うと、徳次郎が聞き返した。

「あの、今のほんまでっしゃろか」

「ああ、ほんまやろ。お父ちゃんは言うてええことと、あかんことの見境がつかんからな……」

「いや、そうやのうて。伝手のことですがな。甚五郎さんの知り合いとか」

「そんなもん、どれほどの知り合いか分からへん」

清兵衛は吐き捨てるように言った。

「そやけど、とうはん、よう知ってるようでしたし」

「たとえ、知ってても、あんなのが絡んだら、かえってぶち壊しになるかもしれん」

清兵衛はそう言うと、奥を見た。

「お父ちゃん、おるかな」

「いや、さっき出て行きましたで」

「また、酒か」

「そのようで」

「帰って来たら、説教せなあかん」

清兵衛は奥へと入って行った。


結局左之助が帰ってきたのは、朝方だった。その物音を聞きつけて、清兵衛が奥から走り出てくる。

「何や、朝早《はよ》うから、せわしいのう」

左之助はそのまま、広間にでんと腰を下ろすと、煙草盆を引き寄せた。

「えらいお早いお帰りで」

清兵衛は左之助の前に座った。

「ちょっと話があってな」

清兵衛は左之助を正視する。

「なんや、朝から、おとろしい顔しくさって」

「お絹に言うたやろ。例の三浦屋のことや」

「言うたら、あかんのか」

「当たり前やろ。あんな口から先に生まれてきたような女に……」

「身内やないか」

清兵衛は一瞬何も言えなくなった。左之助の言葉は続く。

「我が子に店のこと言うて、何が悪いんや。ええか、お前はわいの子や。そんで、お絹も同じようにわいの子」

「それは、分かってる」

「そやったら、ええやろ」

「あかん、あかん、他所《よそ》で言われたら、店の信用が丸つぶれや。それくらい、分かるやろ」

「他所で言うたんか」

「言いそうやろ」

「そんなこと言うたら、お絹が可哀想や」

清兵衛はそれ以上は言えずに、大きく息を吐くと、話を変えた。

「それで、お父ちゃん、うまいこと行ってるんか」

「なにがや」

「なにがやって、二十九日のことや。若月の……」

「おっ、皆まで言うな」

左之助は煙管《キセル》をふかした。煙が清兵衛の顔に流れてくる。清兵衛は手でそれを払った。

「昨日、仕込んできたで。そやから、こうして帰りが遅なってしもたんや」

「仕込むって、何を」

左之助は答えずに煙を吐いている。

「あのな、真剣なことなんや。店が……」

「無くなって、たまるか」

左之助は啖呵《たんか》を切ると、まるで歌舞伎役者のような手振りをして、とんと煙管を盆に打ちつけた。

「任しとけ」

「任しとけって言われてもな……」

清兵衛は笑みを見せた。

「ちょっとだけでも、聞かせてくれんか。そうせんと、気が気でのうて……」

「はは、なるほどな」

左之助はまた新しく煙草を詰めている。

「そんなに聞きたいか」

「ああ、聞きたい。聞いときたい」

左之助は勿体《もったい》をつけるように、周囲を見ていたが、やがて清兵衛に目を向けた。

「ええやろ。お前に聞かせとかんと、うまいことといかんかも知れんからな」

左之助は清兵衛のそばに寄ると、小声で話し始めた。

三、

「今日も仰山、お客さんは来てくれると思うから、みな気張ってや」

清兵衛はいつものように帳場に集めた奉公人の前で話をしている。

「俺と徳次郎さんは、奥で三浦屋さんと話がある。終わったら、すぐに行くよって、それまで、しっかり頼んだで」

「へい」

番頭の政八、手代の健吉、友松、伊助が大きな声で返事をした。

清兵衛は帳場から奥の座敷へと向かった。左之助はひとりで、もう座っている。

「まだけえへんか」

左之助が尋ねると、清兵衛は尋ね返した。

「どっちのことや」

「両方や」

「どっちもまだや。三浦屋も、お父ちゃんの知り合いも」

「ちゃんと来るんやろな」

左之助が言うと、清兵衛はむっとした。

「それは、こっちの台詞《せりふ》や。そっちこそ、ちゃんと来るんやろな」

「そんな、やいやい言わいでも、心配すな」

左之助が言った時、廊下に声が響いた。

「こっちです」

徳次郎に案内されて、廊下から三浦屋が入ってくる。後ろにはいつぞやも来た番頭がふたりついてきていた。三浦屋は仏頂面で、座敷に入ると、断りも無しに前と同じ上座へ腰を下ろそうとした。

「ああ、すんまへん。そこはおるんですわ」

左之助が声を掛けた。

「もう、じきに来ますよって」

三浦屋の顔が歪《ゆが》んだ。

「ほう、さぞかし大事なお人なんでしょうな」

「さいです」

仕方なく三浦屋はその対面に座った。後ろのふたりは若月を持って行った時と同じようにして、包みを抱えていたが、ゆっくりと机の上に置いた。

「そない大事にせんでええで。偽物や。割っても、なんぼでも弁償できるさかい」

三浦屋はさっきの仇《かたき》をとるがごとく、嫌味を言う。清兵衛と左之助は何も言わない。

三浦屋は清兵衛を見た。

「ほな、六月二十九日になりましたよって、約束どおり、返金してもらいましょ。詫《わ》び料入れて、百五十貫……」

「すんません」

清兵衛が三浦屋を遮った。

「その前に、若月を見せて貰《もら》えませんか。別の物にすり替えられでもしてたら、えらいことやし」

「ははは、何を言うかと思うたら……」

三浦屋はふたりの番頭に目で合図する。番頭たちは包んでいた布を解《ほど》いていく。中から桐箱が出てきた。こちらは正真正銘の本物らしく今井宗久の手とされる書き付けなどが見えた。

そして番頭のひとりが、その蓋《ふた》をゆっくりと外すと、中からそろそろと若月を取り出した。清兵衛は取り出された若月を手に取ると、舐《な》めるように見ていき始めた。ゆっくりと隅から隅まで見ると、今度は裏返して底をじっくり眺めた。

三浦屋がいらついたように言う。

「何かあるんでっか」

清兵衛は微笑みを返すと、また見ていく。そして大方見終わったと思ったら、今度は壺《つぼ》の中を覗《のぞ》き込んだ。

「あれ、ここでは暗いな」

そう言うと、清兵衛は日の差し込む方へ持って行き、あっちへ回し、こっちへ引いて、懸命に中を覗き込んでいる。かなりの間、そうしていたが、やがて、清兵衛はそっと丁寧に若月を桐箱にしまうと蓋をした。

「もう、よろしいか」

三浦屋が呆《あき》れ顔で言う。

「ええ、見るのはもうええんですが、どう見ても、本物のようにしか見えませんが」

「まだそんなこと言うてるんかいな」

「まだって言いはりますけど、一遍も偽物の証拠は見せて貰うてませんから」

清兵衛が言うと、三浦屋がふんと鼻を鳴らした。

「前に言うたやろ。明伯宗匠が太鼓判を押したんやって」

「そんなこと口で言われても」

「そう言うと思とった」

三浦屋はにやっとすると、懐から書き付けを取り出した。

「これは明伯宗匠直々に書いていただいた……」

いきなり廊下に大きな足音が響いた。

「あ、旦《だん》はん、お客さんですわ」

健吉の声だけが響いた。

「ああ、えらい遅れましたなー。堪忍だっせ」

みなの目が一斉に注がれた。

小袖《こそで》に海老茶《えびちゃ》色の道服を着けて、首からは金襴《きんらん》の五条袈裟《ごじょうげさ》を吊《つ》り下げ、頭には黒い頭巾《ずきん》を被《かぶ》り、一目に茶人と分かる男が立っている。年の頃は五十くらいであろう。顔には皺《しわ》が寄っていた。

「おお、待ってましたで」

左之助が大きな声で呼んだ。

「ああ、左之助はん、久しいなー」

茶人はゆっくりと入ってくると、左之助が指す上座の席に躊躇《ちゅうちょ》無く腰を下ろした。

驚いたのは、廊下には他に男が十人近く列を成している。同じような茶人の格好をした者も居れば、明らかに大店《おおだな》の主人という態の者、更には武家、そして公家《くげ》らしき者も混じっている。

「な、何事かいな」

三浦屋は唖然《あぜん》としている。

「うちが呼んだんです」

清兵衛は微笑んで、その後、廊下の方を首を伸ばして見遣《みや》った。

「ただ、あの方たちは、呼んでませんが」

「ああ、それは申し訳ありませんな。わたしの弟子たちでして」

茶人は清兵衛に会釈した。三浦屋は清兵衛を見た。

「何か知らんけど、この借金話と関わりないんなら、出て行って貰おか」

「いや、あるんです」

「何やて」

三浦屋は信じられないという顔つきをした。

「さっきの続きお願いします」

清兵衛が言うと、さっき取り出した書き付けが手にあることに三浦屋は気づいた。

「ああ、そうやった……これが明伯宗匠の書き付けや。その若月が偽物であると書いてある……」

三浦屋が言い終わらぬうちに、今入って来たばかりの茶人風の男がいきなりその書き付けを三浦屋の手から奪った。

「あっ、それは……」

「ちと、拝見」

茶人は書き付けを右手に持ってしばらく見ていたが、すぐに清兵衛の方へ目を向けた。

「若月はどこです」

「ええ、こちらで」

清兵衛はさっき包み直したばかりの布を解くと、桐箱の蓋を開けて、再び若月をゆっくりと取り出した。茶人が手に取ろうとする。そこで三浦屋が声を掛けた。

「あんさん、見ん顔やけど、堺の衆と違うな。どこのどなたや」

「ああ、これは、これは、まだ名乗ってませんでしたな……」

茶人は、頭を深く下げた。

「……本阿弥《ほんあみ》……光《こう》……ゴホッ、ゴホッ……と申します」

「本阿弥って」

三浦屋の顔が青くなった。

「まさか」

「ええ、そのまさかです」

清兵衛は三浦屋を見た。

「こちらさんは、京の本阿弥光悦《こうえつ》様のお身内ですわ」

「ほ、ほんまか」

「ええ……そうでしたな」

清兵衛が言うと、本阿弥は頷《うなず》いた。

「ご存じですか、三浦屋さん」

「ご存じも何も……」

三浦屋の声が震えた。そこで左之助が口を出す。

「京の本阿弥光悦様言うたら、ごっつい人やと聞いてまっせ。書から、陶芸から、漆から、みな、日本でも名高い方でっしゃろ」

「左様でございます」

本阿弥が頷いた。

「幸い、光悦は神君家康公《しんくんいえやす》の寵愛《ちょうあい》を受けまして村をいただいたこともございますし、天子様とも御交誼《こうぎ》がございまして」

「そら、ものごっつい方ですな」

左之助が首を振って感心している。

「ほう、そのお身内でっか」

本阿弥は微笑を浮かべると、再びゆっくりと若月を手に取って見始めた。

三浦屋の顔が強張《こわば》っていく。本阿弥は構わずに、実に丁寧に若月を撫《な》でていく。

「ふーん」

「うん」

「ああ」

時折、そんな声をあげながら、本阿弥はじっくりと眺めていった。そうして、二十も声を出すと、本阿弥はゆっくりと壺を置いた。

三浦屋が待ち遠しそうな顔をする。

「あ、あの……」

本阿弥は三浦屋の方を見た。

「何でしょうか」

「その……お見立てを」

本阿弥は頷くと、ゆっくりと話し始めた。

「これは若月ではありませんな」

本阿弥の言葉に、三浦屋は破顔一笑となった。

「そうでしょう。そうでしょう。いや、さすがは本阿弥光悦様」

「光悦ではございません。その身内で」

本阿弥はそのまま、話を続ける。

「これは、水無月《みなづき》と言って、もう一段、上物ですな……あの……」

本阿弥は清兵衛を見た。

「……こちらは、いつどこから手に入れられた物かな」

「はあ、その、祖父が、いただいたと」

「誰に」

「今井宗久様とうかがっております」

瞬間、本阿弥が大笑いし始めた。

「ははは、はははは、さすがは宗久殿。洒落《しゃれ》の分かるお方だ。きっと水無月をやると言うと、周囲が反対するので、若月と嘘を言ったわけだ……ははは」

「ははっは」

清兵衛も一緒に笑う。

「はははは」

左之助も続く。

「ははは」

徳次郎まで懸命に笑っている。更に廊下にいた男たちが次々に笑い始めた。

三浦屋は蒼白《そうはく》な顔だ。

「しかし、この明伯宗匠の書き付けは」

本阿弥は頷いた。

「さすがの見立てですな」

「いや、だって、若月ではないと」

「左様。若月ではない」

「いや、そうではなく、もっと安い物《もん》だとおっしゃってましたんや」

「ここには、若月で無いと書いてあるだけ」

「いえ、宗匠がおっしゃったんですわ。二束三文やと」

「はっはは……その方も宗久殿同様、洒落好きと見える」

本阿弥が笑う。

「ははははっは」

再び清兵衛、左之助、徳次郎が続いた。

三浦屋は本阿弥を見た。

「その、大変失礼ですが、本阿弥様は本当に……」

三浦屋の言葉が終わらぬうちに、本阿弥は懐から紙を取りだした。

「何なら、書き付けを書いておきましょうかな」

本阿弥は机の上に、紙を載せた。本阿弥の名前と花押が押されている。本阿弥光までは読めるが、最後の一文字が筆が太かったのかつぶれており、しかも花押が重なって読めない。また花押の方も、その字のせいで、よく見えなかった。

「ただし、五十両いただきますが」

「ええっ」

三浦屋は首を振った。

「いや、そんなもん、払えません」

「うちも無理です」

清兵衛は首を振った。

「ほな、仕方ありまへんな」

本阿弥は紙を懐へ戻そうとした。

「あ、あの、ほんまに、本阿弥様で」

三浦屋が必死の形相で尋ねると、本阿弥は笑みをこぼした。

「騙《かた》りやと言うのですかな。そうお思いなら、お調べくださればええ。京の分家で聞けばええかもな……」

本阿弥はそこで声を落とした。

「ただな、あそこの家は最前も言うたが、神君家康公から光悦様が貰《もろ》うた家でな。

以来、将軍家とは浅からぬ仲やさかい。お調べになるときは気ぃつけなあかん。なんせ徳川家絡みやからな……下手したら……」

本阿弥は怖い顔で手を首に当てた。三浦屋は首を何度も振っている。

「め、滅相も無い……」

「ほなら、これくらいでよろしいかな」

本阿弥は素早く立ちあがった。そしてもう一度、若月ならぬ水無月を見た。

「眼福、眼福」

本阿弥はそれだけ言うと、廊下へ出た。

「わいが送る」

左之助が立ちあがってついていく。更にその後ろを、弟子たちがぞろぞろと歩いて行った。

呆然《ぼうぜん》としている三浦屋に、清兵衛は声を掛けた。

「三浦屋さん、どうやら、うちが騙《だま》したのは間違いなかったようでした。申し訳ありませんでした」

清兵衛は頭を下げた。

「まさか水無月なんて思いもしませんで」

「ああ、ああ、そうやな」

三浦屋はまだ、しどろもどろだ。

「ただ、担保の値はむしろ上がったくらいですし、どうか、今日すぐに百貫返すのはご容赦願えればと思うんですが」

清兵衛は慇懃《いんぎん》な態度をした。

「ただ、どうしてもと言うなら、こっちも出るところに出て、お裁きをと思うてます」

「あかん、あかん、奉行所なんて。そんなお裁きなんかになったら、うちの信用がなくなりまんがな」

三浦屋は勝ち目はないとみているようだ。

「ほな、すぐ返金する話はなしでよろしいでっか」

「ああ、かまへん。初めのとおり、三年貸す話でええから」

「いや、それは、こっちも本意やおまへん」

今度は清兵衛が首を振った。

「どういうこっちゃ」

「担保の値が上がったんですし、かと言って、もうこれ以上、借りるつもりはおませんし……」

「うちは、もっと貸すで」

「いや、やめときまひょ。この話はお互い悪気はないのに、ケチがつきましたさかい、一旦《いったん》白紙に戻しましょ」

「そ、そうか……」

三浦屋としても、損のないうちに関わりあいをなくそうとするのが見えている。

「ただ、さっきも言うたように、今日すぐに返すんは無理です」

「そ、そやな」

「それで、あと三月、九月の晦日《みそか》までということでどうでっしゃろ。もちろん、利はそれだけ分は払いますよって」

「九月三十日やな。ええやろ。それで行こ」

三浦屋は頷《うなず》いた。

「ああ、良かった。三浦屋さんの温情のおかげや。これで、うちも何とか生き延びましたわ」

清兵衛は頭を下げた。三浦屋は不審そうな目をした。

「ところで、さっきの本阿弥様はどういう伝手《つて》で来てもろうたんでっか」

「ああ、祖父の六右衛門が今井宗久様と親しくさせてもろとった関わりで、跡取りの宗薫様とも仲良くさせてもらってたんですわ。それで、ご存じのように、この宗薫様は宗久様とは違《ちご》うて、神君家康公と大変深くおつきあいされたようでして……」

「ああ、分かった……もう、よろしいわ。家康公……でんな」

三浦屋は立ちあがった。

「ほな」

三浦屋は番頭ふたりを連れて廊下に出た。

「三浦屋さん」

清兵衛が声を掛けた。

「これ、若月……やのうて、水無月、持っていかへんのですか」

三浦屋は手を振った。

「ここへ置いていきます」

「そやけど担保が……」

「茜屋さんで預かっといてください。うちは、もう、結構。万が一にでも、割ったり、盗まれたりしたら、えらい事になるし。それに……預かったら、碌《ろく》なことがなさそうや」

三浦屋はそう言って、すたすたと去って行った。

徳次郎とふたりになった部屋で、清兵衛はしばらく黙っていた。やがて廊下から、左之助が駆け足で入って来た。

「どや、うまいこと行ったか」

清兵衛は大きく頷いた。

「そうか。わいのおかげやな」

「まあ、ちょっとはな」

「何や、その言い方」

「俺が知恵出したからや」

「何を言うねん。わいがやな……」

清兵衛と左之助が言い合っていると、徳次郎が横から口を出した。

「あんな偉い方知ってはるんなら、初めから言うといてくださいよ」

「ああ、それは……すまん。すまん」

左之助が謝った。

「昔からの知り合いでな。ははは」

清兵衛が徳次郎を見た。

「あっ、そうや、客が出てくる頃や。徳次郎さん、店《たな》に行ってくれるか」

「へい」

徳次郎が飛んで行く。清兵衛は左之助を見た。

「お父ちゃん、あんまり、ええ気にならんといてくれよ。何か、おのれのおかげで上手《うま》いこと行ったたちゅう顔してるけどな……」

「まさに、そうやないけ」

「違うわ。すべてはお父ちゃんが、若月を知らん間に売り飛ばしてたことに始まるんやからな」

「そんなこと言われんでも分かってるわ」

左之助は不満そうな顔をした。清兵衛もしばらくむっとしていたが、急に思い出したように笑った。

「しかし、お父ちゃんの知り合いは、えらいのがおるな」

「そやろ。あれはな、大坂でおるんやが、変装させたら、天下一品や。元々は旅役者の一座やったが、今はあれで飯食うてるんやて」

「変装で」

「そうや。ああやって、偉い人に化けて何ぞ稼ぎおるみたいや」

「弟子いうんも仲間か」

「当たり前や」

「たいしたもんや」

清兵衛は感心していた。

「そやけど、清兵衛、お前もなかなかやるやないけ。わいが千利休の子孫にする言うたら、堺の者はばれやすい言うて、えーっと……」

「本阿弥光悦」

「それ。よう引っ張りだしてきたな」

「大坂で並木屋さんに教えてもろたんや。当代一の陶芸家で、家康公にえらい気に入ってもろうたとか」

清兵衛はそこでにやっとした。

「それにな、この本阿弥の家ってな。本家以外に、分家が十以上あって、しかも日本全国に散らばっとるんや。使わん手はないやろ」

「それ聞いた時は、ええの見つけてきたと思うたで」

「おまけに一族ほとんど、光何とかやし、今日はうまいこと、その何とかが分からんようにしてあったし……」

「つまり、三浦屋が調べよう思っても、名前も分からん者《もん》を、えらい仰山おる中から、調べなあかんちゅうことやな」

「まあ、そうやな。家康公の名前出して、あんだけ脅しといたから、まあ、そんなことせんと思う。それに、三月たったら終わりやからな」

「三月言うんも、なかなかええ頃合いや」

「そうや、まさか、約束どおり三年なんか借りてたら、いつ嘘がばれるか分からん。家康公の脅しもだんだん効力なくなりそうやしな。そこを三月なら、三浦屋も調べたりする時もないし、そんな気もおこらんやろ。それに、こっちも何とかある程度の金を蓄えることができる。お互いの時を考えたら、三月がちょうどええとこや。それにな、大体、騙《だま》した言うても、三浦屋から何か盗《と》ったわけやない。きちんと借りた物に利を乗せて返すからな」

「ふん、なかなかやるの」

「お父ちゃんもな」

ふたりは顔を見合わせて、一瞬微笑みあった。しかし清兵衛がすぐに顔を背けた。

「今度ばかりは、ほんまに、えらい目におうたわ。二度と変なことせんといてや。分かったな」

「何や、その言い草は。お前、わいがおれへんかったら、今ごろ三浦屋に店取られてたんやぞ」

「もしかして、あれか、お父ちゃんがおったから、店が守れたとでも思うてんのか」

「その通りやないけ」

「は、阿呆《あほ》らし。別にお父ちゃんに教えてもらわんかって、俺が己で何か策は考えたわ。こんな手のこんだことせんでもな」

「はっ、終わってから言うても、負け惜しみにしか聞こえんぞ」

「そら、ちゃうな。負け惜しみいうんは、負けた者が言うんや」

清兵衛はにやりとした。

「茜屋清兵衛は勝って生き残ったよってな」

清兵衛は立ちあがった。

「さて、あと三月で思いっきり稼がんとあかん」

清兵衛は廊下に出た。

四、

「茜屋清兵衛おるか」

大声が響いたかと思うと、暖簾《のれん》が上がった。

まだ六ツであり、清兵衛は奉公人たちを帳場に集めて、いつものように朝の話をしている真っ最中であった。

「清兵衛、邪魔するぞ」

入って来たのは、あの堺奉行所同心、神南十兵衛《じゆうべえ》で、背後には何人かの役人が立っている。

「神南……」

清兵衛は思わず呼び捨てにしていた。徳次郎はじめ奉公人たちも、みな、驚いている。

「一体、こんな朝、早《はよ》うから、何事ですの」

清兵衛は神南の方に近づいた。

「商売人の家に奉行所の者が出入りするだけで、聞こえが悪いのは知ってるやろ」

清兵衛は小声で神南に文句を言った。神南は不敵な笑みを浮かべた。

「ほう、そんなに奉行所が嫌いか」

神南はわざと大きな声をあげた。清兵衛は小声で言い返す。

「誰もそんなこと言うてないやろ」

しかし神南は相手にせず、いきなり十手を抜いた。

「神妙にせぇ。御用や」

さすがに清兵衛も黙ってしまう。徳次郎が心配そうに出てきた。神南は十手の先を清兵衛に突き付けた。

「茜屋清兵衛、騙《かた》りの件で聞きたいことがある」

清兵衛は神南の前に出て、拳《こぶし》を振り上げた。

「何やと」

一瞬、神南は片手で頭を守る仕草をしたが、すぐにそれを止めた。

清兵衛が神南をにらむ。

「一体、何の話じゃ」

清兵衛が問うと、神南の後ろの役人たちの更に背後から声が聞こえた。

「若月の話じゃ」

声とともに、三浦屋が出てくる。その顔は真っ赤で、あちこちに怒りが吹き出していた。

「三浦屋はん」

清兵衛は驚きの声をあげていた。

「どないしはったんです。その件は昨日、かたがついたはず……」

「やかましいわ。何遍騙したら、気が済むねん」

三浦屋は清兵衛につかみかからんばかりの勢いだ。

「ああ、三浦屋さん、それはあかん」

神南が三浦屋の肩を押さえた。

「心配せんでも、お上がきっちりこの清兵衛をお裁きしますさかい」

神南はそう言って、清兵衛を見た。

「清兵衛、お前、この三浦屋さん騙して、金借りたらしいの」

神南の顔に冷たい笑みが浮かんだ。

「貧すれば鈍すとは、お前のこっちゃ」

「何やと」

今度は清兵衛が神南につかみかかろうとしたが、神南が十手を清兵衛に向けた。

「おっと、これが見えんか。お前、今はお上の下手人なんやぞ」

「何言うてるねん。確かに一時は揉《も》めたけど、昨日この三浦屋はんとはきちんと話がついたんや。何も騙してないわい」

「お天道様に誓って言えるか」

神南の厳しい声がした。清兵衛も必死だ。

「言えるわい……」

「ふん」

神南はもう一度冷たい目を向けた。

「無駄や。連中のこと、ばれたんや」

「連中って何や……」

「昨日、ここへ芝居しにきた連中のことじゃ」

神南の声が響き渡る。

「あちゃー」

左之助が小さな声を出した。神南の話は続く。

「住吉さんのちょっと先にある煮売り屋でな、昨日、十数人の者がどんちゃん騒ぎしおったらしい」

「もっと遠くでせんかい」

左之助はまた小声を出す。

神南はちらっと左之助を見たが、すぐに清兵衛を見た。

「そいつらの隣で仕事帰りの大町《おおちょう》の大工たちがおってな、連中と意気投合して一緒に酒盛りになったらしい。その話がおもろい話でな、何でも本阿弥光悦に化けて、茜屋という店で、壺《つぼ》の鑑定をしてきたとか、どうとかいう話やったらしい」

清兵衛は己の顔から血の気が引いていくのが分かった。

左之助はそそくさと奥へ入って行く。

「清兵衛、何とか言うたらどうや」

神南の問いに、清兵衛は一応とぼけてみた。

「そんなもん、ただの酔っ払いやろ。嘘ばっかり言うてるんや」

「それにしちゃ、昨日、ほんまにあったことと、似すぎてるやろ。何ぼ何でも、たまたまとは思えんで」

「そやから、昨日のうちと三浦屋さんの間の話を誰かが聞いて、嘘をついたんやろ」

「なんで嘘つくわけがあんねん。むしろ、全部ほんまで、うまいことやったんで金貰《もろ》うて酒呑《の》んでたいう方がもっともや」

神南は勝ち誇った顔をした。清兵衛は黙るしかない。

「どうや、相違ないか」

清兵衛は何も言わなかった。

「間違いないに決まってますわ。そいつら、どこに行ったか知らんけど、大工の証言だけで十分お縄うてますやろ」

三浦屋が必死で言う。神南も頷《うなず》いている。

しかし清兵衛は少し光を見いだしていた。

「何や、その連中、捕まえてへんのですか」

清兵衛が言うと、神南の顔が赤くなった。

「そんなもん、今朝、大工が報《しら》せにきおったんや。連中はおそらく大坂でも行ったんやろうけど、そんなもん、無理やろ」

「なら、ほんまに、おったかどうかも怪しいもんや」

清兵衛は言い返す。しかし、神南は余裕だ。

「まあ、その件はどうでもええ……それよりも、肝心なのは、その壺が本物かどうかちゅうことや」

清兵衛の顔が引きつった。神南は薄笑いすら浮かべている。

「それで、明日《あした》朝、その壺持って奉行所に出頭せぇ。本物かどうか裁きを下す」

「な、何やて……」

清兵衛はまっ青になった。神南が再び微笑んだ。

「どないしてん。気分でも悪いんか。ああ、心配せんでもええ。明日までに、明伯く。

宗匠はじめ堺中の目利き集めとくさかい。もう、間違えはあらへんぞ」

神南はそれだけ言うと、背中を向けた。後ろにいた役人も、三浦屋も、後ろを向く。

「あっ、そうや」

神南がくるっと振り返ると、再び清兵衛の方を見た。

「逃げたら、もう二度と堺に帰ってこれんぞ。まあ、その方が俺も清々するけどな」

神南はそれだけ言い捨てると、他の者とともに帰っていく。

清兵衛は呆然《ぼうぜん》と立ちすくんでいた。

「若」

徳次郎が背後から声を掛ける。

しかし清兵衛は気が抜けたようになって返事すらしない。

「若、若」

何度か徳次郎が呼んで、ようやく清兵衛は我に返った。

「どないしましょ」

徳次郎は泣きそうな顔で清兵衛に尋ねたが、まだ清兵衛は何も言えない。ため息をつくだけだ。

「清兵衛」

奥から出てきた左之助が声を掛けた。

「ほんまに、すまん」

左之助は、およそ似合わない言葉を吐いた。他の奉公人は訳は分からぬが、ただ唖然《あぜん》としている。

「ほれ、仕事やで」

徳次郎が何とか声を掛けて、みなは各々の役目に散っていった。

清兵衛と左之助、そして徳次郎は、黙って立ち尽くしている。

三人とも何も言わない。いや、言えないのだろう。

いきなり、暖簾《のれん》が上がった。ひとりの若者が立っている。

政八が声を掛けた。

「ああ、昨日の」

「おお、すまんな。昨日、借りた傘返しに寄ったんや」

若者は傘を政八に渡すと、すぐに出て行った。

その瞬間、清兵衛の目に、光が戻った。

「それや、まだ、あきらめんで」

清兵衛はそう言うと、左之助をにらみつけた。

「お父ちゃん」

左之助は怯《おび》えたような声を出す。

「そやから、謝ってるやないか……」

「聞きたいことがある」

清兵衛は真剣な目で左之助を見た。

「おう、何や、何でも答えるで……」

左之助は必死で頷いた。


「そうか、左之助はん、言いましたか」

男は満足そうな笑みをたたえた。

「はい、さっき聞き出しました」

「聞き出したとは、穏やかやないな」

清兵衛の言葉に、男は再び微笑んだ。

もう六十にもなろうという風で、髷《まげ》は真っ白で、顔にも深い皺《しわ》が何本か刻まれている。もっとも、目は鋭く、血色の良い顔と広い聡明《そうめい》そうな額が目立つ。

「この、能登屋《のとや》が買《こ》うたと左之助はんが言うたんですな」

清兵衛は頷く。

「はい、若月を買い取って貰うたと感謝してました」

「ははは、それは嘘やろ」

能登屋は首を傾げた。

「わしは確かに若月を買うた。そやけど、二十貫や。タダみたいな値段やがな。感謝するはずない。そやろ」

「はあ、そのとおりで」

清兵衛は頭を掻《か》いた。能登屋は穏やかな顔のままだ。

「左之助はんは、その頃は、まあ弟分みたいなもんでな。無理矢理売って貰うたんや」

能登屋が少し微笑む。

「えらいあくどい奴《やつ》っちゃと思うやろ。他所《よそ》へ売ったらもっと高《たこ》う売れるもんを、無理に二十貫で買い叩《たた》いた鬼みたいな奴やって」

「そ、そんなこと……」

清兵衛は首を振った。

「正直に言いや」

「いや、本当に」

「嘘つきは嫌いや」

清兵衛は観念したような顔をした。

「そう思いました」

「ははは」

能登屋は大笑いした。

「そう思うのが当然や……ただ、本当のところは違う」

能登屋の顔から笑みが消えた。

「左之助はんが、若月を売ろうと思っていると聞いた時は、びっくりしてな。あんな名器、一旦《いったん》手離したら、まず戻ってけえへん。堺の宝が、今井様の形見が、どこぞへ流れてしまう。そう思うたら、絶対わしが買い取るしかないと思うた」

能登屋の目が鋭くなった。

「で、なんで二十貫やというと、それは左之助の為や。あの若月なら、百貫、いや三百貫でも買うもんはおる。そやけど、そんな金をあの左之助が持ってみい、どないなる」

「はい、その御心配は、よく分かります」

「ははは、子でもそう思うか。これも絶対高う買うたらあかんと思うた。だからもう、値切れるだけ値切ったんや。それが左之助の為やと思うてな」

能登屋の顔が再び緩んだ。

「しかし、左之助本人やなく、子が買い戻しに来るとは、わしも思いもせんかったわ」

「さっき言うたとおりです。どうしても本物が欲しいんです」

「うん、欲しい訳はよう分かった。まあ、けったいなことやが、左之助らしい話や。で、なんぼで買い戻してくれる」

能登屋が試すような顔をした。

「買い戻しは今は無理です。金がありまへん」

「ほな、どうするんや。明日《あした》、奉行所に持って行かなあかんねやろ」

清兵衛は大きく息を吸った。

「貸して貰《もら》えませんやろか」

「何やて、貸す言うたか」

「はい、明日一日、貸して下さい。夜には返しますよって……」

清兵衛は頭を下げた。

「もちろん、タダとは申しません、借り賃は払いますよって。ですから、どうかお願いいたします」

しばらく能登屋は何も言わなかったが、やがて声をあげて笑い出した。

「ははは、借りるんか、なるほど、奉行所に見せる時だけ、本物にする言うんか。よう知恵の回る男や。ははは」

能登屋は手を叩いた。

「こら、おもろいな。よっしゃ、その話乗った」

「ほんまですか」

「おう、貸したるで」

「ありがとうございます。恩に着ます」

清兵衛は何度も頭を下げた。

「それで、ええんやな」

能登屋は確認するように尋ねた。

「貸すだけで」

清兵衛はしばらく黙っていたが、思い切ったように顔を上げた。

「いえ、明日は借りるだけですが、いずれ一生懸命商いして、必ず買い戻します。そやから、それまで、どこにも売らんと、どうぞ持っておいてくれまへんか」

　能登屋が急に真顔になった。

「それを待ってたんや」

「えっ、どういうことです」

「左之助ではなかったけど、必ず茜屋の誰かが買い戻すと信じてた。そして、それが茜屋の立ち直る時やと」

　清兵衛は何も言えない。

「そやからな。中の若月はこちらが貰うたけど、桐箱だけはわざと返したったんやで」

「どういうことです」

「左之助が忘れんようにと思うたからや。中に代わりの二束三文の物を入れても、箱が本物なら、若月のことは忘れんやろと思うてな」

　能登屋はにっこりした。

「まっ、左之助とは違《ちご》うたけど、待ってた甲斐《かい》があったようやな」

「ありがとうございます」

清兵衛はふたたび頭を下げた。

「今年の祭は気分良く迎えられるわ」

能登屋は立ち上がると、清兵衛の方へ近寄った。

「ところで、銭のことやが」

「はい。いくらでしょうか」

「二十貫でどや」

「いや、それは……」

清兵衛は首を大きく振った。

「今は、そんな金どこにもないんですわ。その代わり、商売が上手《うま》いこと行ったら……」

「ちゃう、ちゃう。話は最後まで聞け」

能登屋は首を振った。

「二十貫で買い戻せばええ……」

「そやから、今は金がないんです。いずれは何とかしますので、まず一日……」

「違うって。最後まで聞け言うたやろ……清兵衛言うたな。お前さんは二十貫できたら、ここへ来て、若月を買い戻す」

「でも、明日借りたいんです。その借り賃は」

「それはもう貰うた」

清兵衛はきょとんとしている。

「なんちゅう顔しとんねん。さっきも言うたやろ、来るの待ってたって。ほんまに来てくれたんや、それだけで明日の貸し賃でええ」

「ありがとうございます」

清兵衛は再び頭を畳に擦《こす》りつけた。

能登屋は笑っている。

「清兵衛、できるだけ早《はよ》う二十貫作って、買い戻しに来るんやで」

「はい、分かってます」

能登屋は頷《うなず》くと、奉公人を呼んだ。

「おーい、若月出して来てくれ」

しばらくすると奉公人が箱を抱えてきた。そして蓋《ふた》を取ると中の物を大事そうに取り出した。白磁の輝きが眩《まぶ》しい壺《つぼ》が姿を現した。

「さすが、ほんまもんや」

清兵衛は思わず声をあげていた。

「清兵衛、しっかり持って帰って、明日奉行所に持って行きなはれ」

「あ、ありがとうございます」

清兵衛は深く頭《こうべ》を垂れた。そしてもう一度、若月を箱にしまうと、風呂敷《ふろしき》でそれを包んだ。

「ああ、箱は偽物やで」

能登屋がおどけたような声を出す。

「分かってま」

清兵衛も笑みを浮かべた。

「ほな。ありがとうございました」

清兵衛が行こうとすると、能登屋が思い出したように声を掛けた。

「あっ、そうや、清兵衛、お前、もしわしが若月を売り飛ばしてたら、どないするつもりやった」

「そんなもん、もちろん、また売った先に行くだけですがな」

能登屋は満足そうに頷き、清兵衛は廊下に出た。

「明伯、間違い無いか」

公事場《くじば》、すなわち上段の板間の中央に座った堺奉行、石河《いしこ》勝政《かつまさ》は、周囲の者を見回して、確かめた。

「はい、若月に相違ございません」

そのうちの茶人の格好をした男、明伯が代表するようにして、はっきりと答えた。

「ならば、裁きを下す」

石河は重々しい声で告げると、お白州に目をやった。

「茜屋清兵衛、お主の濡《ぬ》れ衣《ぎぬ》は晴れた。これはまがうことなき若月だ。大事にせよ」

「はは」

清兵衛はひれ伏す。石河の顔が同じくお白州にいた三浦屋に向く。

「三浦屋、お主のせいで奉行所は多大な手間が掛かった。目利きを集めて、鑑定をするのは、費用も馬鹿にならぬ。以後、一切このようなことの無きようにせよ」

「はは」

三浦屋もひれ伏し、石河の言葉が続く。

「それゆえ、担保は普段は貸した側が持つ物であるが、お主は一度、借主の茜屋に持っていてくれていいと言っている。それゆえ、若月は茜屋の元に置くことでよいな」

「はは」

三浦屋はもう一度、頭をお白州に擦りつけた。横合いにいた神南の顔が凍ったようになって動かない。石河は周囲を見ると大きく息を吸った。

「では、これにて一件落着」

朗々とした声を発して石河は立ちあがると、背後の御簾《みす》の中へと消えていった。集められた目利き衆も、帰っていく。三浦屋もすごすごと外へ出た。役人もみなひとり、ふたりといなくなる。最後にふらふらと立った神南の前に、清兵衛は立ち塞《ふさ》がった。

「こら、神南」

清兵衛は右手の拳《こぶし》を固めると高く上げた。瞬間、神南が両手で頭を守るように抱えた。

「あー、痒《かゆ》い、痒い」

清兵衛は己の頭を右手で掻《か》くと笑って出て行った。

「祭の日に何ですけど」

往来で徳次郎がしかめ面を見せた。

「例の甚五郎と勘十郎のことですけど。あきませんな。伝手《つて》たどりましたが、新規の仕事は請けんと言われたようです」

「何とかならんのかな」

清兵衛が尋ねると、徳次郎は苦い顔で首を振った。

「どうにもならんと」

「そうか」

清兵衛は悔しそうに上を見た。

「すんまへん。こんな日に」

「まあ、しゃあないわな」

徳次郎が店《たな》に入ると、入れ違いに、お糸とお春が出てきた。

「どうや、まだか」

お糸が尋ねると、お春が往来の先を見た。清兵衛もそっちを見る。

「ああ、来た、来たで」

清兵衛が大声をあげた。

「お母ちゃん、見えるか」

「ああ、見えるで」

清兵衛の言葉に、母親のお糸は嬉《うれ》しそうに答えた。

「鉄砲隊ですね」

横でお糸につくお春も楽しそうだ。

住吉大社を出発した渡御の行列が、今湯屋町の茜屋の前を通り過ぎようとしている。まず見えてきたのは、赤い袋に入れた鉄砲を担ぐ男たちで鉄砲隊の仮装行列だ。先頭は鉄砲隊と決まっているのは堺らしい。

「わー」

お糸が手を振った。お春も声を出している。

「ああ、あれは」

次にやって来たのは、武家集団である。ただし、さっきの鉄砲隊もそうであるが、決して本物ではない。真っ赤な母衣《ほろ》を被《かぶ》り甲冑《かっちゅう》で身を固めた者が、ちょうど前を通って行く。

「まあ、大きなお布団」

お糸が母衣を指して言うと、お春も頷《うなず》く。

「ほんまですね。そやけど、どうして布団を持っていくさに行くのでしょうか」

「それは、渡御した神様が寝るためやがな」

「ああ、左様ですか。さすが奥様、よくご存じで」

ふたりの会話に目眩《めまい》を覚えながらも、清兵衛は黙って笑って見ている。

行列は何百人と続いていく。鎧《よろい》、甲《かぶと》に槍《やり》を構えた武士の格好をした者もいれば、普通に羽織袴《はかま》の武士姿もある。中には上半身裸で物を運んでいく者もいれば、僧侶《そうりょ》のように袈裟《けさ》を被って歩く者もいた。

「すごいな」

「ほんまに」

お糸とお春は、ふたり、はしゃいでいる。

――そう言えば、お近と会う約束だったな。

清兵衛は行列の後ろの方を見た。ぞろぞろと女、子どもが、楽しそうについて来ている。

「あの中におるんか」

清兵衛がつぶやくと、お糸が目ざとく気づいた。

「おや、清兵衛、誰かお探しかい」

「いや、別に」

「なんや、探すような女子《おなご》のひとりやふたりおらんとあかんで」

「はあ、何のこと」

「とぼけてるわ」

お糸はお春を見た。

「ねぇ」

「はい」

お春も頷いた。

「そんな女子もおらんのかいな」

別の声が響いた。清兵衛が振り向くと、やたら着飾ったお絹が立っている。

「あかんな、兄はんは」

お絹はそれだけ言うと、往来を歩き始めた。

「どこ行くねん」

「行列についていくに決まってるやん」

お絹はわかりきったことを聞くなという顔をした。

「早《はよ》っ、帰って来いよ」

「なんで。今日は祭やから、みな思い切り遊んで来いってさっき言うたとこやん」

「あほ、若い娘が遅なったらあかん」

「そやかて、あたし、前おったとこへ行くもん。知り合いと会《お》うてくるから、遅なるわ」

「できるだけ、早うせえ」

「そんなこと言われても、色々行くとこあるしな」

お絹は指を折って、ぶつぶつ言いながら数えていく。

「そない、仰山、寄らんでええやろ」

「それは、あたしの勝手……おっちゃんのとこも行かなあかんやろ」

「誰や、おっちゃんって」

「伯父《おじ》さんやん」

お絹は清兵衛を見た。

「この前言うてた、甚五郎と勘十郎のおっちゃん」

「何やて。伯父さんなんか」

「そう言うたやろ。あれ、言うてなかったっけ」

「聞いてない。ほんまなんか」

「ほんまや。うちのお母ちゃんの、上の兄さん」

驚きの話に清兵衛はお絹を見ると、精一杯の笑顔を見せた。

「いくらでも、遊んできてええぞ。ああ、そや」

清兵衛は懐から、いくばくかの小粒をつかみだすと、お絹の手に載せた。

「これで、何か買《こ》うてな」

「兄さん、ありがとう」

お絹は、はしゃぐような足取りで歩き出した。

列はずっと続いて行く。すぐにお絹の姿は見えなくなった。前の方から、鉄砲隊役がひとり戻って来ていた。

「ああ、もう先頭は、宿院に着いたんかな……」

清兵衛がそう思って見ていると、鉄砲隊役は清兵衛の目の前で止まった。

「清兵衛さん」

一瞬、清兵衛は意味が分からなかった。

「ここ、ここ」

鉄砲隊足軽の格好をしているのは、お近である。顔に炭でも塗ったのか、黒く汚して遠目にはまったく分からない。

「どないしてん。その態《なり》は」

「父親がうるさいねん。でも、鉄砲隊が通る時だけは、それに見入ってるから。その隙に、変装して出てきてん」

「それ、ほんまもんの鉄砲なんか」

「当たり前やん、うちには何丁でもあるから」

お近は微笑んだ。

「ちょっと、出てくるわ」

清兵衛はお糸に言うと、お近と並んで歩き出した。

鉄砲のせいか、誰が見ても、男ふたりが並んで歩いてるようにしか、見えない。

ふたりは海側に向かって歩き出した。

「鯨踊りのこと聞いてきた」

お近が清兵衛を見た。

「あれはな、昔、この堺の港の沖に鯨が入って来たんやて……」

「ほんまかいな」

「そうや。それでな、頑張って捕まえようと思ったけど、逃げられたんやて」

「あかんがな」

「そうや。それであんまり悔しいから、鯨の人形作って、この辺歩き回るんやて」

お近の言葉が終わらぬうちに、ふたりの目の前に大きな木彫りらしき鯨が出てきた。

「あれか」

「そやな」

ふたりの前を大勢の人に引かれて、鯨の人形が走って行く。

「あれが鯨踊りか」

ふたりは物珍しそうに、人形の後を追っていく。港まで行ったり、来たりしながら、鯨の人形は何度もひっくり返ったりして、進み続けた。

やがて日が落ちてきた。

「あれ、見てみ」

お近が港の方を指した。

堺の港は摂津《せっつ》側と和泉側に、それぞれ、浜があり、魚市場もある。そして今日、両側の港が、目一杯の提灯《ちょうちん》の光で輝いている。

「綺麗《きれい》やな」

「ほんまや」

夜市は何度も連れられて来たが、清兵衛にはまるで初めての光景のように見えた。ひとつひとつの灯《あか》りが、海に浮かんで輝く金や銀のようだ。

「これが堺や。堺なんや」

清兵衛はひとりつぶやいた。

「何、今ごろ、言うてんの。当たり前やん」

清兵衛はにっこりした。

「俺はやるで」

清兵衛は両腕を天に突き上げた。

「見ててくれ。俺は、この堺から、日本一《ひのもといち》の商売人になるよって」

お近の顔に微笑みが浮かんだ。

「しっかりな」

「ああ、任せとけ」

清兵衛は港に向かって大声で叫んだ。

「茜屋清兵衛、日本一の大商人《おおあきんど》になるんや」

清兵衛は前を見据えたまま、何度も、何度も叫んでいた。

本書は書き下ろしです。

日《ひの》本《もと》一《いち》の商人《あきんど》

茜《あかね》屋《や》清《せい》兵《べ》衛《え》奮《ふん》闘《とう》記《き》

誉《ほん》田《だ》龍《りゅう》一《いち》

平成30年 9月25日 初版発行
令和7年 1月15日 4版発行

発行者●山下直久

発行●株式会社KADOKAWA
〒102-8177 東京都千代田区富士見2-13-3
電話 0570-002-301(ナビダイヤル)

角川文庫 21178

印刷所●株式会社KADOKAWA
製本所●株式会社KADOKAWA

表紙画●和田三造

ISBN 978-4-04-106765-9 C0193

◆◇◇

角川文庫発刊に際して

角川源義

第二次世界大戦の敗北は、軍事力の敗北であった以上に、私たちの若い文化力の敗退であった。私たちの文化が戦争に対して如何に無力であり、単なるあだ花に過ぎなかったかを、私たちは身を以て体験し痛感した。西洋近代文化の摂取にとって、明治以後八十年の歳月は決して短かすぎたとは言えない。にもかかわらず、近代文化の伝統を確立し、自由な批判と柔軟な良識に富む文化層として自らを形成することに私たちは失敗して来た。そしてこれは、各層への文化の普及滲透を任務とする出版人の責任でもあった。

一九四五年以来、私たちは再び振出しに戻り、第一歩から踏み出すことを余儀なくされた。これは大きな不幸ではあるが、反面、これまでの混沌・未熟・歪曲の中にあった我が国の文化に秩序と確たる基礎を齎らすためには絶好の機会でもある。角川書店は、このような祖国の文化的危機にあたり、微力をも顧みず再建の礎石たるべき抱負と決意とをもって出発したが、ここに創立以来の念願を果すべく角川文庫を発刊する。これまで刊行されたあらゆる全集叢書文庫類の長所と短所とを検討し、古今東西の不朽の典籍を、良心的編集のもとに、廉価に、そして書架にふさわしい美本として、多くのひとびとに提供しようとする。しかし私たちは徒らに百科全書的な知識のジレッタントを作ることを目的とせず、あくまで祖国の文化に秩序と再建への道を示し、この文庫を角川書店の栄ある事業として、今後永久に継続発展せしめ、学芸と教養との殿堂として大成せんことを期したい。多くの読書子の愛情ある忠言と支持とによって、この希望と抱負とを完遂せしめられんことを願う。

一九四九年五月三日